黒でも白でもないものは

# 黒でも白でもないものは

加藤 有希子

水声社

# 1

冬なのにスコールのような横殴りの雨が降っている午後だった。灰色のまだらな雲間に、黒い斜めに刺すような雨粒。関東地方の一角であるここ埼玉県でも、最近ではこういう夏のような冬の日が増えてきた。スコールの生ぬるい空気で病院の古いコンクリートに結露ができて、うっすらと湿っている。

老朽化で風が吹き込むガラス窓が、ガタガタ鳴った。コンクリートの灰色と、空の灰色はほぼ同じ色で溶けあった。診療室の床は黒く、つるつると光沢をもっている。光沢の鈍い白い光が、床一面に星のように散らばっている。

少しかび臭いにおいがするが、それを打ち消すようにアルコールと塩素が香る。その拮抗のおかげで、空気が苦い味がするように感じる。診療室のすべてが黒と白とそのグラデーションでできている。世界がこうなってから、もう十三年になる。

「やっちゃったらしいですよ、先生」

白洲ラスタのところへ、何やら鋭い眼光をした、興奮したごく年浅い女の患者が運ばれてきた。女の髪は黒光りするおかっぱで、着物のような民族衣装風の和装をしている。ラスタが昔、子どものころに見た神職のような格好だ。上半身は白く、下半身は布の網目を感じられる鈍い黒だ。艶消しの布は、麻が織り込まれているように見えた。着物のパリっとしたにおいがするかのように思われた。

その若い女には手錠がかけられ、愛嬌のある男の警官に付き添われて暴れていた。警官は緊張感を和らげるような面白いたれ目で、縮れた濃い黒い髪をしていた。しかし漆黒の制服のわきから、黒光りする拳銃が見えた。黒地に黒の光。黒にも光や影がある。影に沈んだ黒、光で白んだ黒、光沢のある黒が入り混じった。ラスタは黒の権威と暴力に恐れて少しおののいた。

「コノヤロ、手を離せ！　私はラスタ先生に逢いに来たんだ！」女は激しく動くので、手に手錠が食い込み、灰色に淡く血管が浮きでた手首から血が滲んでいた。彼女の血は黒く、深く光を吸収し、粘度の高い液体に見えた。

女がどうにも挙動不審なので、ラスタは怖くなり、愛嬌があっておせっかいそうな雰囲気のするその警官のほうだけを必死で見た。ラスタが患者を見ないので、患者はそのことにむくれた。

外は雨が降り続き、有毒な物質を多く含む雨水は、ただでさえ弱った植物をいっそう弱らせた。黒白の世界では、雨は黒い細い粒に見えた。冬でも温度も湿度も高いので、地球上にわずかに生き残った木からも葉が落ちないが、しかし劣悪な雨水に晒された葉は、黒く縮れていた。

「……やっちゃったって、何をやっちゃったんですか？」ラスタは女を見ずに、警官に助けを求めるようにおそるおそる訊いた。こうした態度は精神科医としては失格なのは分かっていたが、あらぬトラブルを回避するのも仕事だった。

「殺人だってよ、先生」真っ黒い服を着たざっくばらんなしゃべり方をするその警官は、日本にもかつてはいた不良のように、悪だくみをしたときにする不敵な笑みをうかべた。黒く細かく網目が見える制服の布から彼の黒い拳銃が浮き立った。その瞬間、少し白く光ったように見えた。

この時代になってわかったことだが、不良というのは恵まれた時代にしか生まれない。警官という特権的な職業が彼にこういう表情をすることをゆるしているのかもしれない。人びとが黒と白しか見えなくなってから、ギラギラした存在はほとんどいなくなった。みな、色を失い、その代わり、動物や人間特有の邪悪な攻撃性や敵意も失い、肩を寄せ合い、傷口をなめるように、貧困のなかを助け合って生きていた。

「えっ、私はそういう案件は診たことはないので、別の先生に任されたほうが」ラスタは殺人犯の治療を今までの精神科医のキャリアでしたことがなかった。もちろん殺人犯の精神鑑定というのは、昔であってもめずらしいものであったが、人びとが色と経済を失った「シンギュラリティ」以後は、ほとんどそうしたケースを見ることはなかった。

というのも色が見えなくなった住人は、染色体の異常で生殖能力を失った。しかしそれと同時に、性淘汰、いわゆる性的な競争原理に由来する悪感情、例えば羨望や嫉妬や悪意や殺意というものをも失っていった。人類の歴史は端的にいえば人間同士の殺し合いの歴史だったが、それは人間が性欲をもっていることに多く起因していた。色が見えなくなり、子どもも産まれなくなった人類は、刃傷沙汰になるような愛も憎悪も殺意も失っていったのだ。

しかし色の見える一部の人間が、子どもを産み、そして密かに殺人を犯しているという噂をラスタは聞いたことがあった。でもそんなことはにわかには信じがたかった。この女は色など見えないはずだ、第一、そんな人間が「シンギュラリティ」以後にいるなんて聞いたことがない。ラスタは自分が危ない考えに囚われそうになったのを、必死で打ち消した。

「嬰児だってよ、先生。赤ちゃんらしいぜ、殺したのはよ！」そのたれ目の警官は目を丸くして、なれなれしい口調で語りかけてきた。こういうなれなれしい口の利き方をする男は、話によると二十一世紀初頭までは巷にいたようだが、しだいしだいにコンプライアンスが厳しくなり、減少していった。

しかも現在ではほとんどの人間がやせ型なのだが、この警官は公僕の豊かさゆえか、それとも単に燃費がいいのか、中肉中背で、顔に適度についた頬肉が、豊かな表情をかたちづくっている。こんな人間は今どきめずらしかった。少し脂っこいような酸っぱいような中年臭もするような気がする。

「嬰児なんて、今さらどこにいるんですか！」ラスタはいらついた。いるわけもない嬰児をどうやって殺すのか、ラスタは自分も一時は子どもをもちたいと夢見たことを思い出し、妙に腹がたった。

「先生はすべてを知っているはずだ！」暴れる女の患者は目を血走らせて、床に向かって唾を吐いた。そこでラスタは初めて患者のほうに目を向けた。おしろいでも塗られたような白い肌に、黒光りする真っすぐなおかっぱの髪。一本一本の髪がしっかりと地面に向けて突き刺すように生えている。

目はひとえの切れ長のまぶただ。図鑑などでしか見たことがないが、狐のような顔というのは、こういうものなのだろうか、とラスタは思った。十代の少女のように見えるが、「シンギュラリティ」以後、日本では子どもは産まれていないはずなので、若く見えるだけかもしれない。

今の時代は見かけでは年齢は判断できない。富裕層は投薬治療で若返りの処置をしているため、年齢は外見からは判断できないのだ。このもはや子どもも産まれない世界で、人びとは静かに人類の滅亡を待っている。そして生きている人間で、可能な者は、命を少しだけ長らえて、終わりを先延ばししようとしているのだ。

この女は変な和装をしているし、ひょっとしたら金持ちかもしれないし、年齢のいった古い時代の人間である可能性もある。実年齢はもしかしたら百歳くらいかもしれない。

「お名前を教えてください」女の名前は同伴している警官に訊けば分かることだが、精神科医として患者の病状を確かめなければならない。

「アメノウズメだ。私の名前を知らないのか？　先生は私の名前を知っているはずだ」

「知っているはずないだろ」警官がすかさずつっこんだ。ラスタもそれには激しく同意したが、面倒なので無視して続けた。思い込みが激しい患者は、精神科に限らず、病人には多い。

「アメノウズメさんですね。お名前は分かりました。ところで、少し変わったお名前ですね。ご本名ですか？」十年くらいまえから電力が不足して、電子カルテはなくなった。ラスタは手書きのカルテを書いた。ペンの音がカチカチ鳴った。ラスタが気に入っている、粘度の高いはっきりとした黒インクのボールペンだ。プラスチックの使用は禁止されているので、金属でできている。ただし、金属も貴重だ。幾重にも平行に重なる光沢が灰色のレイヤーを無数にかたちづくっていた。金属のひんやりとした冷たさも感じられる。

「アメノウズメは私の親がつけた『先立つもの』という意味の名前だ」

「それは素敵な名前ですね」ラスタは意味もわからず、即答で心のこもっていない返事をしてしまった。こういうのを医者の職業病というのだろう。患者はむげにあしらわれて、むっとしているようだった。

「みな私のことをアメノと呼ぶ。あなたたちもそう呼びなさい」

「わかりました。アメノさん、よろしくお願いします」ラスタは気のない返事をした。

それにしても「知っているはずだ」なんて、こういう患者はよくいるけれど、毎回面倒だと思う。大抵は陰謀論まがいのことに気を取られているのだ。「しかも嬰児殺しなんて」ラスタは面倒な案件で頭を抱えた。

そもそもこの国に嬰児なんて、どこにいるのか？　二〇五六年の「シンギュラリティ」で太陽の空前絶後の爆発が一か月続き、人類のほとんどが色覚と色覚の記憶を失った。色が見えなくなったどころか、色があったことすらも思い出せない。そして太陽の異様で強烈な光によって性染色体にも異常をきたし、人類は生殖能力を失った。人口を維持できなくなり、人生の根幹となるエロスを失った人類は、粘着質の愛を失ったが、それと同時に、性欲に起因するあらゆる悪をも失った。

人びとの懸念とはうらはらに、人類は以前よりつつましやかに暮らすようになった。

この爆発により、人類以外の生態系にも大きな破壊がもたらされた。もとより人類の過剰な活動で生態系は「シンギュラリティ」以前から相当に壊れていたが、それを決定的に壊すのに等しいくらいの負荷が、地球にかかった。

全生物の三分の二がこの「シンギュラリティ」の一か月で死滅し、人間だけでなく、動物や植物の多くも生殖能力を失った。生殖能力を失った地球上の生物は、未来にやって来るであろう子孫を失っただけでなく、競争、愛着、やる気といったものを失っていった。

その最たる事例として、人類の欲望が支えていた資本主義経済が、欲という原動力を失い、ものの見事に破綻した。かつては世界が滅亡しても資本主義が終わらないというジョークすらあったが、性淘汰の競争がなくなったことで、人びとは秀でることを欲しなくなった。消費社会の原動力はエロスだと主張した哲学者がいたが、そのことが実際に証明されたかたちになった。

「まあとにかくこれは埼玉県警がもちかけた仕事だから、この人の素性がわからなくても、無事報酬をもらえるんだ。診察を続けよう」ラスタは独りごちた。ただし報酬といっても、埼玉県で発行される地域クーポンで、二〇五六年以前に使われていた貨幣ではない。

「今日は何年何月何日何曜日ですか？」いつもばかばかしい質問だと思いながら、ラスタは精神科で必ず問いかける型通りの質問をした。

「二〇六九年十二月十日火曜日」正しい日付だった。あたりまえだ。ああ、もうすぐクリスマスだな、とラスタは思った。

「アメノさん、正解です。ではご年齢は？」

「十三だ……！　先生は知っているはずだ!!　私の年齢なんて!!」

「アメノさん、そんなに興奮なさらず。ところでずいぶんお若いんですね？　十三歳とは思えない、しっかりとした受け答えをなさいますね。十三歳といえば、ちょうどあの『シンギュラリティ』が起きた年ですが、そんなときにこの日本にお子さんが産まれたんですか？」

本当は百歳くらいの老人なのではないかと当てをつけていたラスタは正直、驚いた。

天文学的にも地質学的にも歴史的にも記録されたことのない異様な爆発を太陽がおこした「シンギュラリティ」は二〇五六年の一月三日から約一か月続いた。その後、人類は生殖能力を奪われたわけだから、そんな年に子どもが誕生することなど可能なのだろうか。

「どうやら本当みたいですよ、血液から採った遺伝子だと、この人、ホントに十三歳の少女らしいです」遺伝子スクリーニングをした警官がうわさ話に花を咲かせるときのような口調で泡を飛ばした。

この警官は、いつも楽しそうでいいな、とラスタは思った。そして診療室のくたびれたプラスチック製の灰色の机の上についた黒ずんだ染みを見やった。プラスチックは環境保護団体の働きかけで、「シンギュラリティ」がおこる十年ほど前から製造を禁止されている。

「親御さんはどうされているのですか、アメノさん？」

「親はいない、先生は知っているはずだ」アメノは憮然とした。「シンギュラリティ」以後、急速な食糧難がおこり、多くの人間が死んだ。子どもも産まれなくなったが、生き残ったかなりの子どもが孤児になった。ラスタはそのことを哀れに思った。

自分のことは知らないはずなのに「先生は知っているはずだ」などといって、この少女、アメノは、十九世紀から二十一世紀初頭の世のなかにはよく見うけられた統合失調症の患者なのだろうか。そうでなければ今どきの欲望を失って気が抜けた人類で「殺人」など考えにくい。

今では統合失調症のような病気の人間はほとんど見ることがない。なぜならそのような病気は、二十世紀から二十一世紀初頭にかけて、人類の生活に大きく負荷をかけ幸福感を失わせたので、二〇四〇年代から「シンギュラリティ」までの間、遺伝子治療で発現しないようにする政策が日本国政府によってとられていたからだ。

しかし「シンギュラリティ」以後は、不思議と統合失調症の患者はほとんど見られなくなった。というのも最新の研究では、統合失調症の幻覚には性染色体の活発化が大いに関係していたという説が出ている。つまり性淘汰の異常な欲望が嵩じることによって、被害妄想や幻覚などが現れ出ることが明らかになったのだ。

むろん統合失調症の因子は遺伝だけではないが、人びとが性欲と敵意を失った今、人間関係のストレスなどで病気が発現することも極めて少なくなった。

「統合失調症の遺伝子はありましたか？」ラスタはこの能天気な警官に答えられるのだろうかと危惧しながら、訊いてみた。

「いやー、統合失調症の因子は遺伝子操作で切除されているようですが、躁病の遺伝子が後天的に付け加えられているようですよ」警察官は患者の遺伝子情報を診療室の壁に投射した。

電力不足でこの病院ではプロジェクターの使用を禁止しているが、この警官は携帯用のプロジェクターを持ち歩いているようだ。ラスタが勤める病院は民間がやっているものだが、公権力をもつ警官は、まだ多少は民間より力があるようだ。

しかしかつてのように東京都に立脚する警視庁を筆頭に全国の警察が連合するシステムはもはやない。埼玉県警は埼玉県だけを所轄し、他の管轄の警察の活動を知ることも関与することもなかった。しかも県警は埼玉県人からもらうクーポン券で、依頼に応じて諸活動を成り立たせていたので、もはやサービス業と一緒だった。むろん警察はもともとサービス業だったとも主張もできるだろう。

「遺伝子操作ですか、面倒ですね」ラスタはまたこのケースかと思い、なかばあきれた顔をした。確かに「シンギュラリティ」が来る以前、子どもを会社経営者などの偉人にするために、遺伝子操作が行われていた時代があった。代々の企業経営者には双極性障害の「躁」の部分が多いことが、メンタルヘルスの分野で明らかになり、一部の富裕層が子どもをエリートにするために、「躁」の部分だけを付け足す治療を行うのが、一時期流行した。しかしこの治療が流行ったのは二〇四〇年代ごろだから、二〇五六年生まれのこの患者になぜこのような遺伝子操作がされたのかは分からない。

「ところであなた、もしかして……妊娠していますか？」ラスタは患者に目を移したときから気にかかっていたことを口に出した。アメノのおなかがずいぶん出ていることに、ラスタは途中から気づいたのだが、最初は百歳くらいの女だと思っていたので、せいぜい栄養失調でおなかが出ているくらいにしか思っていなかった。

ラスタにとって実際に妊娠している人間は子どものとき以来、見たことがなかった。そのため発言に躊躇していたのだ。大きなおなかをしている女に驚愕し、ある種の羨望をもって眺めていた。

「先生……この人、どうやらピンゲラップの人間ではないようですよ」くだけた感じの警官が、手を口にあてて、最大級の秘密をいうときにする、息をひそめた声で静かにつぶやいた。

ラスタは警官の言葉に切り裂かれるような驚きを覚えた。

「ピンゲラップの人間じゃないというのは、どういう意味ですか⁉」冷静なラスタがめずらしくいきり立った。

「……いや、その……色が見えるようですよ」

「……え？」

「いやあね、色が見えるから、エッチなこともしちゃったみたいですよ。あと殺人もね！　あはは！」警官は虚勢を張るように笑い飛ばした。警官の白い歯と奥まった黒い口のなかが、黒白にしっかりと輪郭を描いて、コントラストをなしている。その黒と白のあいだから、生臭い匂いもした。

「治療の妨げになるので、警察の方は少し黙っていてください。あなたは、アメノさんはピンゲラップの住人ではないんですか？　なぜ色が見えるのですか？」

「色が見えて何が悪い！」アメノは興奮して、暴れだした。足を大きく蹴り上げて、警官のすねを襲った。警官は声を上げて表情をゆがめた。その吐息が、結露で湿った部屋全体に広がり、うっすらと霧がかったように見えた。

終始リラックスしていた警官からほほえみが消え、沈みかけた公権力のすごみの片鱗が見えた。警官は厳しい顔をした。アメノの力は思ったより強かったのだ。この女はまだ少女だが、ずいぶんしっかりと肉体ができている。妊娠するのも可能かもしれない。

騒ぎを聞きつけて途中から来た付き添いの若い男の看護師とともに患者の胴体を取り抑え、少女の二の腕に鎮静剤の注射をした。アメノはほどなくして眠りだした。攻撃的な瞼が閉じられると、狐のような目がまっすぐな線を描き、通った鼻筋がますますきりりと見えた。顔にはドーランのような化粧を施しているのだろうか。顔が異様に白い。

警察が十分なクーポン券をくれる保証があったので、埼玉の中央部にあるその病院で、アメノを措置入院させることにした。「シンギュラリティ」以後、天文学的なインフレが起こり、あらゆるものが現金では決済できなくなった。色を失った人類は、生産性を大幅に失い、物が足りなくなったのだ。その救済策として各県知事がその県内でしか使えない地域クーポンを発行した。人びとを餓死させず、最低限の暮らしを保証するための苦肉の策だった。

共産主義のようにクーポンは都道府県から一定額配給されるが、そのために住人は地域に釘づけになり、現金のように借金もできないため、個人も企業も無借金経営を強いられた。経済規模は縮小し、日本国の住人は、みな各地方自治体に留まり、他県に移動することも、もちろん海外に行くこともなくなった。インターネットは破綻し、みなイントラネットで家族や会社や都道府県内の内輪のみでつながるようになった。

インターネットが機能しなくなったのは、それを支えていた色覚がもたらす好奇心や欲望が失われ、さらに貨幣経済が破綻したこともあるが、二〇二〇年代初頭からロシアを発端に起きた世界的なサイバー戦争で、海底ケーブルが随所で積極的に切断されたこともある。奇跡的に核戦争にはそのときは突入しなかったが、地上戦、サイバー攻撃、生物兵器の使用などを含め、その後二十年あまり、世界各地で紛争が続いた。

日本はとりわけ二〇五六年の「シンギュラリティ」までは、中国やロシアから再三攻撃されそうになったが、アメリカの核の傘によりかろうじて国土を守ってきた。米軍は二〇四〇年代半ばには著しく求心力が低下し、二〇五一年には日本に核兵器を置いて撤退した。

その後、「シンギュラリティ」がおき、色覚と性欲を失った全人類の戦闘意欲が失われ、日本は貧しいながらも、かろうじて国土を守ることができている。

ラスタの病院のビルは二十一世紀初頭に建てられたもので老朽化が進んでいたが、日本も国力がなく、建て替えも進まなかった。古びた冷たい灰色の病院のビルは、日々、時間ごとに明るくも暗くもなる灰色と溶け合った。

患者を眠らせてしまったので、今日は問診はできなくなった。外で降っていた強い雨は止んだようだ。空が白みがかり、朧月夜のような真っ白な太陽が照り輝いた。こころなしか、空が晴れ上がるときに沸き起こる、開放的な空気の匂いがする。

「今どき妊娠なんて、そんなこと可能なんですか？　そもそもどうやって妊娠したか分かっているんですか？」ラスタは自分の羨望もあり、警官におそるおそる訊いてみた。

「十代の少年とセックスしたらしいよ、先生」いってはいけない言葉をいい、警官は思わず指を口にあてた。そしていかにも噂好きという警官は、今までで一番嬉しそうな表情をした。

「え、そんなこと……可能なんですか？」ラスタは青くなった。

「ふたりとも、二十世紀に発明された性欲増進剤を違法に入手したらしいよ」

「そんなこと……」ラスタはなぜか泣きたくなって、もっと話したそうな警官を早々に家に帰した。そして自分もこれが今日、最後の仕事だったので、病院の近所にあるピンゲラップのドームシティに帰ることにした。

「ピンゲラップ」とは、かつてミクロネシアにあった黒と白しか見えない人びとが住む島の名だ。「シンギュラリティ」で国民のほとんどの色覚が失われた日本国は、それらの黒と白しか見えない住人を優先的に保護する「ピンゲラップ政策」を地方自治体にいい渡した。

黒と白しか見えない住人は、かつて色覚があった人類のように、欲深く仕事をすることも消費することもやめて、静かに暮らすようになった。貨幣経済が破綻し、人びとは地方自治体のクーポン券で暮らすようになり、かつてより貧しくなったが、しかしかつては想像できなかったくらいに、争いというものが少なくなった。人びとはその結果、日ごろの諍いや闘争心やいじめといったものは、結局は性欲、性淘汰に由来するものであったことを知ったのだ。

しかし黒と白しか見えない住人はかつてのように生態系の頂点に君臨することができなくなり、場合によっては野生動物などに捕食されることも増えてきた。そこで、「ピンゲラップ政策」を引き受けた地方自治体が、ほとんど最初で最後の財政出動をして、黒白色覚の人びとの保護をするために、大きなドームをつくったのである。

ただしこのドームに入れる人間は、限られていた。そもそも全住民を入れるだけの大きなドームを建設することは不可能だったが、「シンギュラリティ」以後、人びとの消極的な姿勢が高じ、小さな諍いや争いの芽も摘むべく、住人の気質やコンプライアンスが厳しく審査されるようになった。

人類が終末に向かっていることは、みなが了解していることであったが、その終末を有意義にすごすために、「今」の平和が至上命題だった。人びとは自分の代で終わるその地球最後の生活をできるだけ有意義で幸せなものにしたかったのである。

それゆえこのドームのなかに入れるのは、闘争心の少ない温和な平和主義者に限られた。しかも人びとの生活を円滑にするために、ＩＱやＥＱも高くなければ入れない。そしてラスタはそうした厳しい審査をかいくぐり、「ピンゲラップ政策」で建設されたドームシティのなかに住むことをゆるされた選ばれた人間だった。ただしドームの外にいる人間が、怨念を募らせていたかというと、そうでもなかった。

色覚と生殖能力を失った人間はものごとに執着することがなくなり、ドームの外で風雨を凌いで暮らしていた。まるで野良猫と野良犬が人間をうらむことがほとんどないように、色覚と性欲を失った人間は動物的な善良さを手に入れたのだ。人びとは動物が厳しい環境で、何も文句をいわず生きていくように、黙々と自分の生活を営んだ。

ドームシティは強化ガラスでできているが、病院は鉄骨製で頑丈なため、街から少し離れた吹き曝しに立っていた。経済的事情からドームシティの選ばれた人間しか病院に行くことは実際的にはできなかったが、ドームの外の人間にも可能性は開かれていた。それは滅亡を前にした人類の、最後の善意かもしれなかった。黒白色覚になって生殖能力を失った人類には、そうした不思議な相互扶助の精神が見られた。だからこそ人びとは、黒と白しか見えない人類を互いに守ろうとしたのである。

ラスタは有毒な雨水を避けるため、歩いて十分ほどの距離を、強化ガラス製の小さなカートに乗って、家路についた。埼玉県の中心地にドームがつくられてから、十年ほどになる。このドームのなかの住人は、黒白色覚であっても守られており、子孫を残すことはなくとも、平和に暮らしていた。そのなかで富裕層は若返りの治療などを受けつつも、結果としては終末を、そして自らの死を、静かに受け入れ、待っている。

　一方、ドームの外の人間は、厳しい自然環境、とりわけ「シンギュラリティ」以後の狂った地球環境に晒され、多数がすでに死亡していた。生き残っている人びとは、ドームのなかに空きが出るのをほとんど期待をせずに待っていた。いい換えるならドームのなかの人間が死ぬのを静かに待っているのだ。

　でもラスタはそんなこと、気にも留めなかった。ただ毎日のことに必死だったし、十代半ばで「シンギュラリティ」を経験したラスタにとっては、これが物心ついてからのあたりまえの世界だった。しかし今日の診療で出会ったアメノという患者のこと――色が見えて、妊娠したというあの少女のこと――が頭から離れることはなかった。

## 2

「ただいまー」ラスタはしっかりと包囲された埼玉中核部のドームシティの門をくぐり、黒白色覚の住人しか見分けられない視覚検査と精神の攻撃性がないことを確かめる脳波検査を受けて、高層階のマンションの部屋に戻った。三十階建ての二十五階に住んでいる。かつてはエレベーターは国の電力で問題なく動いていたが、電力需給に問題が出始めた「シンギュラリティ」以降は、各マンションで発電機をつくり、自家発電している。

このマンションは二〇五一年に建てられて、築十八年になるが、二〇五六年の「シンギュラリティ」以後、まともな鉄筋建築はこの地域には建てられていないので、相対的に最高に新しく、裕福な場所に住んでいた。三十階というのは、ドームシティを囲むガラスのドームでかろうじて囲える高さで、ほとんど透明なガラスに手が届きそうな場所に、ラスタたちは住んでいた。ガラスに透ける薄く広い灰色の空を見ると、自分たちは天に近い存在であることを感じる。人生を終えたら、もうすぐあそこに行くのかもしれない、灰色の空にうかぶ白い雲に自分たちも溶け合うのかもしれない、としばしば思うのだった。

二〇四〇年生まれの白洲ラスタは精神科の医者で、埼玉県の大学教授の両親の家に生まれた。ラスタは現在、二十九歳、夫の黒川フィノとともに暮らしている。長い黒髪とつややかな透明な肌が、病院の白衣によく合う。そしてその黒く潤んだ美しい目で静かに語る様子は、患者を想定外に癒したり、興奮させたりするのだった。

「おかえりー、なんか今日はちょっと疲れているみたいだね」ラスタの気持ちを察しようといつも努力しているフィノは、ラスタの顔を覗き込むようにして気遣った。フィノはラスタのその深く黒い瞳を中心に広がるカリスマに、吸い込まれるような魅力を感じていた。

フィノは二〇四三年生まれの二十六歳、早くも白髪交じりになってきたフィノは、自分でつくった染髪料で、髪を銀色に染めている。昔、美術の教科書で見た二十世紀のアンディ・ウォーホルを真似たつもりだった。

フィノは農地にできる田舎の土地を親がたまたまもっていたために、この時代最も必要とされている農業ベンチャーの仕事につくことができた。「男性性」というものが嫌悪の対象となったこの時代ではめずらしく、「男らしい」雑駁さも持ち合わせた人間で、その直截でやや鈍感な性格が難しい時代を生き抜く力になっていた。

フィノの家は、代々、埼玉の田舎にタダ同然の耕作放棄地をもっていた兼業農家だった。しかしフィノが十三歳だったときの「シンギュラリティ」以後、天文学的に農地の値段が上がり、ごく一部の富裕層に土地を買い尽くされた。フィノは先祖がたまたまもっていた何の魅力もない土地が、一瞬でダイヤモンドのごとき価値になるのを目の当たりにした。かつては頭痛の種だったお荷物が、光り輝く財産になった瞬間だった。

しかし農業ベンチャーで相対的には富裕層になった今も、フィノは農業がさげすまれていた子ども時代のことをときどき思い出しては、淡い復讐心を社会に対して密かにもっていた。フィノが社会的な成功にあこがれるのは、ひとえに幼少期にさげすまれた経験があるからだった。

**「今日、注目のニュースです。十日、午前二時ごろ、埼玉県中核エリアのドームシティの外で殺人が起きました。警察の調べによると、犯人は未成年の女で、生まれたばかりの生後二か月の男児を包丁で突き刺し、殺害しました。警察はこの少女を現行犯逮捕し、県内の精神科病院**

**に鑑定のために移送しました。少女は妊娠している模様で、『十代の男と性交した』と周囲に話しているとのことです。この女がなぜ性交できたのか、またこの女は『ピンゲラップの住人』なのか、調査が待たれます。また殺された男児の身元は、いまだ分かっていません」**

埼玉県一帯を流れるラジオの音声が入ってきた。二〇五六年に色覚と経済が壊滅して以来、日本国全体で、テレビやインターネットの評価が大幅に下がった。そもそも通信費が天文学的に高騰し、実質的に誰も支払えなくなったこともあるが、テレビやインターネットを突き動かす俗物的な欲望は、その多くが色覚によってもたらされていたことが判明したともいえる。

ほどなくテレビやインターネットなどのマスメディアは、経済破綻による地域分断により、小さな集合体で情報をやりとりするイントラネットに転落した。海底ケーブルの多くも、戦争のために切断された。

そして二〇六〇年代にもなると、日本国のほとんどの地域では、受信料を払う必要がない、つまりチューニングだけで盗み聞くことができるラジオから公共情報を得るようになった。色覚を失った人類が、聴覚は昔より鋭くなったことにも拠っている。

「大変なことになったね……噂によると県内には赤ん坊は十人しかいないらしいね。赤ん坊が誰かも分からないみたいだし……不穏だよね」フィノは何気なく話しているが、ラスタはその言葉を聞いて心にどうしようもない圧を感じていた。フィノの銀髪とラスタの黒髪の色のコントラストが、場の緊張感を生んでいるかのように見えた。

「この事件、私が見てるの……」

「ウソ!? 犯人のこと、見た？」フィノはこの厳しい時代にあって、率直な感情の発露を忘れない稀なタイプの人間だった。彼の銀髪が激しく発光しているように見える。

「見た。なんかまだ女の子なんだけど、着物みたいな服着てて、狐みたいな顔した子。最近ではめずらしい血の気が多い感じのする子だよ」

「親はなんていってるの？」

「親はいないっていってる」

「ああ、じゃあ孤児か。かわいそうだね。でも妊娠してるんでしょ。すごいよね！ そんな人、今どきいるのかね！」フィノはてらいなく感動した。フィノの部屋着は白い光沢を帯びていて、体全体が輝いた。その喜ばしそうに光り輝くフィノの顔に、ラスタはショックを受けていた。

「…………」ラスタは黙って、涙ぐんだ。

「……ラスタちゃん、ごめん……気にしないで……ラスタちゃんのことはいいから」フィノは慌ててとりつくろった。フィノはラスタのカリスマ的オーラにいつも魅了されていたが、ラスタ自身の内面は繊細すぎて、いつも小さなことを気にしている彼女についていけないのだった。

ラスタは昔から理数系の勉強ができて、人の気持ちに敏感な、細やかな人間だったが、その細やかな気持ちにあまりある魅惑的な見かけをしていたために、いろいろよけいな仕事や人物を引き受けるはめになっていた。フィノもラスタのそうした魅力に屈した人間の一人だった。

「いいの、明日、また患者に会うから」

「なんて名前なの？　名前を聞けば、親の信条とか分かるんじゃない？」

「アメノ……アメノウズなんとかっていう名前だった。なんか変でしょ」

「ラスタちゃん、それ日本の神話だよ。アメノウズメじゃないの？」

「何それ、ぜんぜん知らない」

「アメノウズメはね、アマテラスとスサノオの出会いをマッチングしたらしいよ！」フィノはよくわかりもしないのに、むかし漫画で得た知識を披露した。

「すごい、フィノちゃん、物知り！　確かあの患者も『先立つもの』って自分のことといってたよ」

「なんか怖いよ、それ。ラスタちゃん、気をつけて」

「そんなー、私が精神鑑定するんだから、怖いことといわないでよ」

「ごめんね……ラスタちゃんはいい医者だから大丈夫だよ。きっと解決できるよ」フィノはラスタの頭を優しく撫でた。マンションの白い壁とフィノの銀色の頭、ラスタの黒光りする髪、そして光を放つ彼らの黒い瞳と、たおやかなグレーの唇がパッチワークのように合わさり、モノトーンの世界がとても美しく照り輝いた。

フィノの染髪料の合成物のような香りと、ラスタの髪の甘い匂いが合わさって、完全な調和をつくっていた。黒と白で空気が塗り固められた静かな夕闇だった。部屋は消え入りそうな昼間の光と夜の黒が、境目なくグラデーションをつくって交わっていた。昼間の厚い雲の渦はどこかへ行ってしまったようだ。

「いいの、私は警察からクーポン券がもらえればそれで」

フィノはわざと無表情に見せているラスタのおでこにキスをして、仕事をしている自分の部屋に帰っていった。フィノの唇は、薄墨の墨汁のように淡く、ラスタはそれが瞼に残った。ラスタはフィノの艶やかな唇を見ると、心が落ちついた。そしてフィノのほうは手のかかる猫のようなラスタにいつも夢中だった。

ラスタはその夜、リビングで一人、号泣した。防音設計のマンションは、音がもれることがない。どれだけ泣いても、涙はとめどなく流れた。流れゆく液体は、光を反射し、黒に見えたり、白に見えたり、幻惑的だった。

長く美しく伸びた黒髪も、涙で濡れて波打った。世の中の厳しさか、あるいはその神経の細かさが原因かは分からないが、ラスタの髪は本当はもう真っ白だった。けれど富裕層だけが手にできる昆虫で作った黒い染料で、その髪を真っ黒に染めていた。

帰ってから薄い合成繊維のジャケットを脱ぎ、水玉模様の部屋着になったラスタは、涙で顔も首元もぐちゃぐちゃにして、まっ白いソファに横になった。ぼてっとした鈍い合皮の皺が、ラスタのメタリックな水玉模様を包んだ。人びとが色覚を失ってから、水玉やストライプといった表面の模様が、昔より重要な役割を果たすようになった。

さらに綿や本革などの自然の素材は、環境破壊が著しく進んだことで、ほとんど見られなくなった。今は、生活用品のほとんどが人工物、合成物でできていた。

フィノはまだラスタが泣いていることに気づかず、自分の部屋で作業しているようだ。ラスタはフィノのこういう鈍感なところを悲しく思うこともあったが、同時に、気を遣わなくていい存在なので、ありがたくも思えた。フィノの実直な生活によって、夫婦の心の平穏は保たれている。ラスタは精神安定剤を飲み、眠りに落ちた。そして夢を見た。

*

「おーい、おーい」父が遠くで叫ぶ声がする……ラスタの父だ。大学教授らしい知的なたたずまいで、茶色い優しい色のスーツに薄いピンクのシャツを着ている。周りには目に突き刺すような鮮やかな色の緑の木々も見える。

ラスタのカリスマはこの父から受け継いだ。彼は黒とも青とも灰色ともつかない深い目の色をしていた。色彩豊かな父はラスタのほうを真っすぐに見つめた。

「ラスタ、外に出るな！　太陽が!!　太陽が!!」

「お父さん、大丈夫だよ。べつに普通じゃん」

「そんなことはない、太陽が異様な光で輝いているんだ。これを見たら、色が見えなくなるぞ!!

ラスタ、しっかりしろ!!」

「大丈夫、お父さんが綺麗な茶色とピンクの服を着ているの、見えてるよ」

「ああ……お父さんはもう見えない。このままだと世界は色を失い、そして破綻するんだ!!」

「またお父さん、デマだよ、デマ」ラスタは笑った。

「嘘じゃない……しっかりするんだ、ラスタ。このままだと人類はだめになり、経済も政治も芸術も破綻する……我々は死に絶えるんだ……」端正な父の顔が闇に遠のいていく。ぼんやりとしているが、母の面影も感じる。ラスタが小さいころ見た、おとぎ話のような月と星が見える。暗闇に白くぼんやりと月明りが照らされた。

ピンクと茶色の柔らかな父の服は、月の光とまじりあい、そして次第に色を失っていった。

「やめて、お父さん……お父さんがそんなことというから……」

# 3

ラスタは冷や汗をかいて、目を覚ました。まだ夜の十一時だった。色がついた夢を見るのは久しぶりだった。色覚だけでなく、その記憶も失った人類が色を見るのは、人びとの話によると、夢のなかだけだった。なぜ夢のなかだと色が見えるのかは、事例が少ないのでまだ研究は進んでいなかった。ラスタは何かやましい夢を見てしまった気がして、打ち消したい気持ちになった。

ラスタは二〇五六年に十六歳で「シンギュラリティ」を経験する前は、色覚をもっていた。だから色というものが何かをかろうじて知っている世代だった。しかし記憶中枢からも色覚が奪われた現在、シラフのときにそれを思い出すのは、もはや不可能になっていた。

夫婦ともに大学教授だったラスタの父と母は芸術品に囲まれた裕福な生活を送っていたが、その経済力は色を失った「シンギュラリティ」以後は何の役にも立たなかった。彼らは「シンギュラリティ」から数年後、相次いで病死した。ほとんど餓死同然の病死だった。だからこれは夢ではなく、過去のトラウマなのだ。

ラスタも十代半ばだったあの時期、ひもじい思いをして、ほとんど死にかけたこともあったが、両親は率先してラスタに食べ物を与えてくれた。そのことを思うと、今でも涙が出る。その後、ほどなくしてラスタはピンゲラップのドームシティに入ることができ、ひとまず餓死や捕食の危険性をまぬがれることができた。ラスタは親の遺言もあり、自治体の補助で医学の道に進んだ。

フィノは代々稲作農業を営む家に生まれた。子どものときは、両親が処分に困った耕作放棄地を抱え、売るにも売れず、頭を抱えていた。しかし二〇四〇年代の天候異常と生態系の大変動、そして二〇五六年の「シンギュラリティ」が襲ってからは、決定的に日本国内に食糧難がやってきて、みなが必要としている農業で身を立てようと強く決意した。

極端な天候異常はすでに二〇一〇年代から随所で見られ、環境保護団体などの運動が次第に過激さを増していた。全国土を流してしまう洪水や地域一帯を焦土化する火災、そして兵器の残留薬物による雨水や大気の汚染などで日本だけでなく、世界中で生態系が確実に変化していた。

しかし二〇五六年一月の突然の太陽の爆発と変異で、多くの人間や動物が死に絶え、生き残った生物も多くが生殖能力を失った。また植物も多くが異様な光線で立ち枯れて、繁殖も難しくなった。

「シンギュラリティ」以前の人間による環境破壊もひどかったが、宇宙的な天変地異による天災は、人間のもたらす害悪の比ではなかった。地球はたった一か月で瀕死の状態に陥ったのだ。

フィノとその両親たちは、こうした時代を受けて、自分たちの耕作放棄地を、急遽、農業開発用に整備した。現存する農産物はほとんど再生不可能になったが、過去の古い土壌から、植物の種子や遺伝子を発掘し、それを再生することを試みた。財政は破綻して、インフレで経済が壊滅的になったが、各都道府県は食糧の確保に向けて、農業を直接的に支援した。

全世界的な天候不良と生態系の崩壊で、日本では気候は予測がつかなくなり、四季はなくなり、「シンギュラリティ」の太陽の異変で地球上のものが燃え堕ちたせいで、炭化、酸化した毒雨が降った。そこでフィノは自分が通った農業中学の仲間たちと一緒に、マンションなどの人工の環境でも収穫できる家庭菜園と疑似肉の培養技術を開発した。

農業には長年、先祖伝来の作農や剪定や肥料やりの技術などが必要だったが、そうしたものをフィノはマニュアル化し、そして屋内の安定した光で野菜や人工の培養肉を比較的簡単に栽培できるキットを開発して、販売していた。しかしかつての戸外の広大な土地での農業と違って、きわめて小規模であるため、人びとに提供できるカロリーの量は、圧倒的に不足していた。ビニールハウスなどでも自然光を使うケースが昔はよくあったが、今は気候が不安定で、極端な日照りや長期間の曇天や雨天などがあるため、栽培には外気や害虫を遮断する必要があった。「シンギュラリティ」で家畜も壊滅的な被害を受けた。大型の牛などの動物はほとんどが絶滅し、生き残った動物も生殖能力を失った。

二〇四〇年代に開発された人造肉の技術により、肉が人工的に培養されるようになり、ピンゲラップの住人はそれを主なたんぱく源としていた。それは肉が実質的に手に入らなかったことにも起因しているが、殺戮への志向といった人間の攻撃性も二〇五六年以降失われ、今の人類にマッチした食生活となった。

しかしドームの外にいる人間は、かつては日本では食べなかった雑多な昆虫や線虫などをさかんに食べるようになった。大型な動物は激烈な光線で死に絶えたが、地中などで生活していた小型の昆虫は、かろうじて生き残っていたからだ。

二十一世紀の半ばくらいまでは、肥満が社会問題化するときもあったが、今ではみな痩せ細り、そうしたことはなくなっていった。かつては肥満が病気とみなされていたことを覚えている人間は、今はほとんどいない。

フィノは二〇五〇年代初めに農業大学の付属中学に入っていたことが幸いした。「シンギュラリティ」以後、農業系の大学は医学系の大学とならび、唯一、日本で生き残った大学になったが、フィノは競争をせずに人気の高い農業研究の道に進むことができた。とはいえ社会が混乱した後の大学は、有名無実化していたので、フィノは仲間との間で、小規模な研究を個人的に進めたのだった。

中学時代の友人と始めたベンチャー企業がほどなく軌道に乗り、農業ビジネスでかなりの利益を上げることができた。とはいえ二〇五六年以後は、かつて使われていた貨幣はもはや露と消え、自治体が発行するクーポン券での収入しかなかった。

*

ラスタは先ほど流した涙と汗をはっきりとしたストライプ柄の柔らかいタオルで拭いて、フィノが夜遅くまで仕事している家庭菜園の部屋に入った。十畳くらいの部屋だが、ラスタとフィノのふたりを養うための六〇％くらいの食糧を収穫できる。

　残りのカロリー不足分は、ピングラップのドームのなかの人間だけが打つことができる代謝を抑えて空腹を防ぐ注射でまかなっている。代謝を抑えると同時に、脳がカロリーがあると錯覚する麻薬のような薬剤も入っている。「シンギュラリティ」以後、ピングラップの住人はだいたい一日一四〇〇キロカロリーくらいで生き延びていた。それ以外のドームの外の住人は、その一四〇〇キロカロリーすらも摂れずに餓死する人もたくさんいた。

「ウェイちゃん、フィノちゃん、元気かな？」ラスタは気を取りなおして笑顔をつくった。笑うことによって、心配事のいくらかは吹き飛びますよと患者にはつねづねいっているが、自分ではそんなことは分からないと思っていた。

「メンドクサイ　デスネー　フィノサン　コレ　ヤッテクダサイヨ」一七〇センチくらいでやせ型のフィノの横に、それより一回り身長も横幅も大きいパンダが、出過ぎたミカンの花を剪定する作業をしていた。大きな白い頭、太くふっくらとした手足、黒く垂れた目、ふにゃりとした黒くて丸くてかわいい耳、やんわりとした口元、すべてが愛嬌があった。

「ウェイライ、そういわず、やってくれよー」フィノとＡＩパンダのウェイライは仲がよかった。生殖能力と色覚を失った人間たちのために「ピンゲラップ政策」の一環として、AIのパンダが子どもの代わりに開発された。「シンギュラリティ」以後、財政破綻した日本国政府が、海外に凍結していた資産を使って特別に開発したものだった。

黒と白がはっきりしているウェイライは、このモノクロームの世界で、圧倒的な存在感を示していた。

しかし、これは数が限られていて、大変高価なもので、フィノとラスタは多額の現金――彼らがもっているクーポン券以外の資産――をほとんどすべて使って、中古のものを同じ埼玉県のピンゲラップの老夫婦から買い受けた。

大きなぬいぐるみのような見かけだが、なかには極小のメモリーが入っていて、自立して、学習する。肌触りはやわらかく、とても弾力がある。抱きしめるのにちょうどいい。

フィノとラスタは、このパンダに、「未来（ウェイライ）」と名前をつけて、大切に育てた。

彼らは地球や日本や埼玉県の未来に明るい展望を抱いていたわけではないが、だからこそありそうにない名前をパンダに与えた。もはや地球の未来が期待できないなかで、人によっては、この「未来」という名前を聞くとぎょっとする人もいた。

ウェイライは教えると、農作業も器用にこなした。

「コンナ　メンドクサイ　コト　ヤラズニ　ポンジュース　カイマショウヨ」ウェイライは冗談をいうときの大ぶりのジェスチャーをした。

「そんな大昔の企業、よくウェイライは昔のこと、知ってるね」フィノとラスタはいつもウェイライの昔話に苦笑した。

「ワタシハ　ノスタルジスト　デスカラ……トコロデ　ラスタサン　サッキ　ナイテ　イマシタネ」ラスタはウェイライに鋭くいい当てられて、後ろめたい気持ちにもなったが、自分の気持ちをわかってもらうのは嬉しくもあった。そしてフィノはいつもやさしいが、なぜ言い当てられないのかと淡い悲しみも覚えた。

「ウェイちゃん、分かるの？」

「ワタシニハ　カクシゴト　ハ　デキマセンヨ」ラスタはウェイライを抱きしめた。大きな体はふんわりしぼみ、そしてまたふっくらと膨らんだ。魅力的なラスタが、魅力的なウェイライを抱きしめている。ラスタの黒い髪とパンダの黒い目が重なり合い響き合う。フィノはそれだけで心が満ちた。

「ラスタちゃん、ごめん……俺が変なこといっちゃって」

「いいの……違うの。お父さんの夢を見たの」

「ラスタちゃん、疲れているんだよ。しっかりと休んで。お父さんとお母さんはラスタちゃんが今こうして生きていて、幸せに暮らしていて、嬉しく思っていると思うよ。天国できっと見てくれているよ」

「……そうだね」ラスタは笑顔をつくって頷いた。さきほど流した涙で、顔は腫れてむくんでいる。でもラスタの艶のある黒髪と肌は、恵まれた人間としてのその輝きを失ってはいなかった。

「……ソウデスヨ、ラスタサン」

ラスタの黒髪と、フィノの銀髪と、ウェイライの黒と白ががっちりと重なり合った。昼間横殴りに降っていた雨は止んだが、まだ生ぬるい空気を感じる。

ラスタとフィノはぼろぼろのサバイバーだった。「シンギュラリティ」以後は、今までの予測をはるかに超えた気候変動と生態系の破壊によって、世界で急速に食糧危機が起こり、通貨安の日本はとりわけ食料品を買い負けて、食べ物が手に入りにくくなった。全世界的な食糧危機であるため、日本国内だけでなく、海外でも食品は極めて手に入りにくくなっている。

フィノは家庭菜園のコンセプトを作る際、かつて一万年前に農業が始まった以前の狩猟採集の栄養補給をモデルにした。雑多な種類のものを雑多に食べる。農工業が始まって以来、小麦、米、ジャガイモなどが人間の炭水化物のみなもとだったが、アワ、ヒエ、キヌアをはじめ雑多な穀物から栄養を摂取するようになった。そしてフィノは新種の穀物もいくつか作り出していた。いずれも「シンギュラリティ」で破壊された地表の農産物はあきらめ、古い地層から、古い農産品の遺伝子を抽出して、復活させたものだ。

自然環境がまだかろうじてもっていた二〇四〇年代半ばまでは、農業は貧しい家がやる稼業とされていたが、五〇年代も初頭になると、環境破壊でにわかに農産物の価格が上がり始め、一部の農産品では急速なブランド化も進んだ。フィノが農業中学に進学したのも、そのころだ。地方企業の重役で、先祖伝来の土地を遊ばせていた父は、フィノに農業に参入しろとしきりに進路に口を出すようになった。

そして二〇五六年一月に太陽の天変地異である「シンギュラリティ」がおきる。

それに合わせ、二〇五六年六月には国内の農協が解体された。一九四七年に施行された農協法がついに無効になったのだ。今まで価格や規格を守り、農業を画一化して、保護もして、他者を排除もしてきた農協はつぶれ、あらゆる人が農業に参入できるようになった。しかしその農業とは、かつての「子孫繁栄」「五穀豊穣」といった目的をもつものではなく、滅びゆく人間が最後に快適にすごすための、線香花火の最後の輝きのような産業だった。

老年のフィノの父母は「シンギュラリティ」以後も幸い食料があって生き延びることができ、今は埼玉の奥地に蟄居している。「シンギュラリティ」以後、七十歳以上の老人はほとんど見かけなくなった。大学教授だったラスタの両親も栄養不全が原因の病いで死んだ。その両親は、他の産業は今後もたないから、医者になりなさいとラスタに勧めたのだった。

そして今、二〇六九年、生き残ったまともな産業は、農業と医療しかなかった。人びとは、何かの使命はなく、ただ生きていくこと自体のために、生きていたのだ。しかしそうした人類の命も、次第に絶えようとしていた。

「ラスタちゃん、今日はもう寝よう。明日はあの面倒な患者を診なきゃいけないんでしょ」フィノはラスタの泣いたあとの姿も素敵だなと見ほれた。黒と白の水玉模様も少女のようでかわいらしかった。

「ネテクダサイ」ウェイライは両手を横に、眠る真似をした。

「……うん」ラスタはフィノとウェイライの前では、誰の前にいるときよりも素直になれた。

「しっかり休んで」

「シッカリ　ヤスンデ」

家庭菜園の電気は成長を促すために消さなかった。マンションの住人たちにこの家庭菜園のノウハウを渡すかわりに、フィノとラスタは、自家発電した集合住宅の電力をただで使うことができた。

「うん……私、なんか、あの殺人犯を見てると、心をゆさぶられるの……」ラスタはうろたえ、黒髪がゆれた。

「仕方ないよ、お医者さんも人間なんだから」フィノは腕を組んで、頷いた。

「ラスタサン　ハ　イイ　オイシャサン　デスヨ」ウェイライイは頭のうえでマル印をつくった。黒い手がくっきりはっきりと丸を描いた。マンションの白い壁とコントラストをつくって、いつか見た抽象絵画のような美を再現した。

「……うん」フィノはやさしかった。ラスタはフィノがやさしすぎることにときどき物足りなさも覚えたが、この「シンギュラリティ」以後の厳しい世界で生き残るには、フィノのような真っすぐなやさしさが必要だった。

真っ黒な黒髪のラスタとは対照的に、銀髪にしたフィノは、いたずらっぽい笑顔が魅力的で、小さいときからクラスのリーダーなどもやる人気者だった。

「ねえ、フィノちゃん、今週末にウェイライイを、私たちの死後も引き受けてくれる財団と面談するの。ウェイライイみたいなＡＩパンダのアップグレードをしている団体だっていう噂だよ」

ラスタは他人にはいわなかったが、自分やフィノが死んだあと、ウェイライが路頭に迷うことに耐えられないという思いをかねがね強くもっていた。

それはラスタが心配性のこともあるが、この地球、そしてこの日本の状況を鑑みて、自分たちはいつ死んでもおかしくないという、しごくまっとうともいえる見識をもっていたことによる心配だった。もちろんラスタとフィノが死ぬころには、他の人類も死に絶えることを想定していた。フィノはふだんは悪いことはなるべく考えないようにしていたが、ラスタは最悪の事態を想定して行動する人間だった。

「何だよ、それ。ラスタは先のこと考えすぎだよ。しかもアップグレードってなんだよ！　ウェイは今のウェイのままでいいじゃないか！」

「ワタシハ　ラスタサン　ト　フィノサン　ト　イツマデモ　イッショデスヨ」

「やっぱり心配なの。私たちにもしものことがあったら……とにかく万一に備えておきたいの……本部はイギリスにあるらしいけど、そこの日本埼玉支部だって」

「なんだよ、それ、今どきイギリスなんて、そんな遠いところ、誰が行き来できるんだよ！　怪しいことこの上ないよ！」

「まあ会ってみるだけ、会ってみようよ。信用できる人たちかどうかは、そのとき確かめればいいから」ラスタはめずらしく余裕の表情を見せた。

「分かったよ、もう寝よう」フィノはあまり深く考えずに、流れに任せることにした。その柔軟さが、フィノの人生を今まで成功に導いてきたことは間違いなかった。

「ソウデス　モウ　ネマショウ」ウェイライイはＡＩながら、話をまるくおさめるのが上手だった。

　三人は植物が生い茂り、さまざまな質の黒と灰色と白が幾重にも重なり合う家庭菜園の部屋を出て、六畳ほどのほんのりと白っぽい壁をもつ狭い寝室に入った。壁には荒い布のような凹凸の模様がついていて、それが黒と白の細かい表面をかたちづくっていた。日本のマンションは狭い。そして部屋いっぱいに広がる薄墨のダブルベッドに、いつものように三人で川の字で寝た。

　ラスタはウェイライイとフィノの体を触った。ふかふかではっきりとした黒白のウェイライイと、しっとりとした淡いモノトーンのフィノの体を感じることができた。ふたりとも生きていることを証するように弾力があった。ラスタはためしに、自分の水玉のパジャマを着た二の腕も触ってみた。そうしたら、彼らと同じくらい、自分にも弾力があることに気づいた。ああ世界はまだ終わっていない、そう思えた。

# 4

ラスタの勤める病院は、埼玉県中央部のドームシティの近所にあった。二十世紀初頭に建てられた高層階のその病院は、地域医療がほとんど崩壊した今は、唯一の病院になった。

具合の悪い人の数は、経済破綻以前よりずっと増えていた。ドームのなかの富裕層はもちろんのこと、ドームの外の人間は、ほとんどみんな病気だった。しかし医者にかかる気力も余力もある人の数はかつてよりはるかに減った。「シンギュラリティ」以後に無力化した人類にとって、日々の体調のケアというのは、経済的にも精神的にもずいぶん贅沢なことになった。

医者という職業の人間も数十年前のように毎日勤務して、連日連夜、勤め上げることはなくなった。「シンギュラリティ」以後、医療保険制度も壊滅し、患者の数は相対的にかなり減った。しかし少なくとも埼玉県においては、医者の仕事は自治体から一定のクーポン券がもらえる仕事であったため、依然として人気が高かった。

一方で、怪しげな祈祷師や町医者などが、ドームシティの外では活動していた。彼らは物々交換やクーポン券の交換などで経済をまわしている。たとえラスタの勤める埼玉中核部の病院であったとしても、もとより貨幣ではなく地域クーポンで診療する。しかし富裕層ですら、それも出せない人も多かった。ドームの外の人間は論外だった。

「アメノさん、あなた、昨日、他人の赤ちゃんを刺されたそうですが？」昨日の愛嬌のあるれ目の警官に付き添われて、再び病院で問診が始まった。

「先生、困ったもんですよね！　なにせ色が見えるらしいから、ただ者ではないね！」警官はにやりと笑って、頭をかいた。

ラスタはこの殺人犯の少女のことも気になったが、このコンプライアンスにひっかかりそうな警官も、今どき本当にめずらしいなと思い、こんな時代にこんなに鈍感にも鷹揚にもなれるのは、ある意味、病気かもしれないと思った。

夫のフィノも雑駁なほうだが、鈍感力こそが今を生きる能力であることに間違いはなかった。ラスタは自分にはない彼らの能力を羨んだ。

「…………」ラスタが自分のことを考えているあいだ、アメノは黙っていた。

「なぜ他人の赤ちゃんを殺したのですか？」

「…………」

「そもそも、殺された赤ちゃんの身元がまだ分かっていないということですが、あなたは誰を殺したか分かっているのですか？」

「…………」

「いいたくないのですか？」

「…………」

「先生、なんかね、こちらで調べてみたんだけど、殺された赤ちゃんは、あっちのほうの子らしいですよ」警官は自分だけが情報を知っていることに、俗っぽい優越感を抱いているようだった。

「あっちって、なんですか？」ラスタはいらついた。

「なんか、昔、毛唐って呼ばれてたやつらですよ。話によると、あっちのほうでは、まだ色が見えるやつらがずいぶん残っているらしいですよ」警官が目をギラギラさせた。黒い制服と黒い髪と浅黒いはだのなかで、瞳が黒く輝いた。

「……先生は知っているはずだ」アメノも同じくらいぎらついた。ああまたか、とラスタは面倒に思った。ラスタの魅力に魅入られて、妄想を悪化させる患者は多いのだ。

「私が何を知っているというのですか?」ラスタはできるだけ面倒ではない答えが返ってくることを願って、質問した。

せん妄の患者によけいなことをいってはいけないというのは、ここ五十年くらい精神科の鉄則だったが、「シンギュラリティ」に伴う保険制度破綻後は、医療現場で患者のせん妄にいつまでもつきあってはいられないため、妄想にはっきりと否定的意見をいう医者が増えてきた。

それでせん妄が治るかは時と場合次第だが、かつてのように医者や周囲が患者の妄想を是認することで、誤った想像が限りなく膨張することはなくなってきた。その代わり、妄想が解けて病識を得て、ショックを受けて自殺する患者は前より増えた。

しかし今の世のなか、自殺が前ほど不幸ということでもなかった。この厳しい世のなかで、長く生きながらえるより、合法的に死んだ方が楽なこともあった。人によっては、平和的に自分の命を絶った。周りの者たちはそれを静かに見守るのだった。

ラスタはこの患者はどうなるだろうかとある種の心配をもちながら、アメノの狐みたいな顔をまっすぐに見やった。今日もドーランを塗っているのだろうか。顔は不自然に白く艶がない。

そして対照的に艶やかな自分の頬と黒髪を思わず撫でるように触った。それは患者に対峙する不安を少しでも和らげるためかもしれない。

「われわれの……われわれの計画を……ラスタ先生なら知っているはずだ」アメノのまっすぐなおかっぱ頭が彼女の激しい呼吸で揺れた。心なしか、衣服から線香のようなにおいが立ち込めている。

「わかりません、アメノさんはどのような計画をおもちなのですか?」ラスタはあまり興味はなかったが、人工知能が受け答えするように、質問してみた。

「……われわれは、邪馬台国の色彩を取り戻す」アメノは静かにひとすじの涙を流した。ドーランが塗られたような頬に、黒い線が美しく引かれた。

「邪馬台国の色彩……」意外な答えだった。ラスタと警察は、禁句を発するように息を殺した。

「明暗顕漠……」アメノは呪文を唱えるように、目を閉じた。

「めいあんけんばく……」初めて聞く言葉だ。

「アカ、クロ、シロ、アオだ」アメノは手を合わせた。

「赤、黒、白、青」ラスタは色覚をもっていたころのことを思い出そうとしたが、どんな色だか、どうしても思い出せない。

「ラスタ先生は知っているだろうが、これはピンゲラップの方舟政策とも関係しているんだ」

アメノは勝ち誇ったような表情を見せた。

「……！」ラスタは忘れかけた悪い思い出を掘り返された、と思わざるをえなかった。

＊

「人類の絶滅は先進国から始まる」そういわれるようになって久しい。今よりはるか以前の二〇二〇年代から、先進国では経済不況、感染症の流行、ロシアを発端とする戦争などの三重苦で少子化が進み、急激な人口減少がおこっていた。

世界全体が医療福祉や社会保障による債務超過で、日本にかぎらず経済はプライマリーバランスという観点からすれば二〇五六年よりずっと以前に破綻していた。しかしそれを見すごして、あらゆる国が通常運転を続けていた。

しかし二〇五六年、あの壊滅的な太陽光の異変がおきた。

この天変地異で急速な財政出動が必要になった日本政府は二〇五六年二月に、日銀の論客をMMT論者にかえていき、資金をふんだんに市場投入した。それと同時期に日本は大統領制に変わり、強権性が発動されるようになった。「シンギュラリティ」以後、世界のほとんどの国が大統領制という名目を保ちつつ、実質的には独裁国家になっていた。

ＭＭＴに変わった最初の数か月は、色覚や生殖能力を失って混乱に陥った人びと、つまりこの天変地異を生き残ったわずかな人びとを手厚く保護することに成功した。この時期に、各地方自治体のドームシティ化も進められたのだ。しかしいざそれがＭＭＴであると政府が公言すると、日本は急激なインフレに襲われるようになった。

ＭＭＴとは表向きは「ない、ない」といっている間だけ通用する亡霊のような経済システムで、結局は二〇二〇年代から二〇五〇年代までのあいだ、表向きに「財政悪化が……」と盛んに訴えている間だけが、実質上のＭＭＴの実践だったともいえる。

二〇五六年から大量の通貨発行があり、人びとの生活が一時的にうるおったが、物価が急激に上がり、二〇五六年五月にはコーヒー一杯が一万円、同年十二月には、コーヒー一杯が一兆円になって、経済が破綻した。

日本は一九九〇年代から非常に長い年月デフレを抱えていたが、天変地異で一転、インフレになった。ＭＭＴ理論では、インフレが起こったときに税金を上げることで市場に流れる通貨を調整することになっているが、極端な重税で金持ちも貧乏人も疲弊した。

そして「シンギュラリティ」のあと、地方自治体が地域限定のクーポン券を発行するようになったが、そこには水やトイレットペーパーなどの生活必需品の値段があらかじめ刻印されており、社会主義の配給のようになった。人びとは地域に釘づけになり、自分の都道府県から外に出ることが事実上、不可能になった。貨幣経済は破綻し、納税制度もなし崩し的に崩壊した。

さらに「シンギュラリティ」以前から悪化の一途をたどっていた地球環境は、もはや何十億人もの人類を地球上にとどめておくだけの力をもっていなかった。「シンギュラリティ」の天変地異は、人類を大きく減らす決定打となった。二〇五六年の一年で、地球上の約半分以上の人類の命が失われた。それでも三分の二以上命をうばわれた他の生物よりはましだった。

「シンギュラリティ」以前は、夏の酷暑と冬の豪雪が極端にあらわれる天気の極限化が目立ったが、植物が壊滅的な被害を受けたその後は、完全に温暖化のほうに振れていき、夏は燃えるように暑くなり、冬も最低気温が二十五度を超えるような日が増えていった。つまり一年を通じて、夏化したのだ。

「シンギュラリティ」を生き残った一部の高温に強い作物を除き、ほとんどの作物が戸外では生産できなくなった。食糧危機は日を追うごとにひどくなり、全世界的に飢餓が襲ったが、とりわけ常態的に通貨が安かった日本は食料品を買い負けた。

そして何より、異様な光をあびた日本人を含む人類は、色覚だけでなく生殖能力を完全に失ったことに、数か月をかけて気づいていった。二〇五六年にはほとんどの国で急速な人口減少がおこっていたが、ついにその後の世界において本当に子孫を残すことが不可能になったのだ。

日本政府は「シンギュラリティ」の年までは、プライマリーバランスや年金のアンバランスを避けるために、子ども手当などを支給して、子孫を残すことを表向き推奨していた。しかし「シンギュラリティ」以降は、人口を少しでも減らし、少数精鋭でこの難局を乗り切る人口抑制策に舵を取り、限られた資源で少ない人口を支える施策に変更した。

人口が減ること、人が死ぬことは資源が枯渇するなかで、次第に推奨されるようになった。日本だけでなく、全世界的にこの末期的な施策が取られた。性淘汰の欲望を失い、色を失い、生きることの軛から解放された人類は、静かに自らの終末を待った。しかし、それは必ずしも不幸なことではなかった。

ではこのポスト二〇五六年の世界で、人類は滅亡すべきなのか。色覚と性欲を失い、無力化した人類は、自分たち、今生き残っている自分たちだけが生き残ることに注力した。みな、自分が死ぬときまで世界がもってほしいと希望したが、それより先のことは想像すらできなかった。世界は終わる方向に確実に向かっていたのだ。

しかしそうしたなかで、極秘裏に「ピンゲラップの方舟計画」という政策がすすめられていることは、ごく一部の人間たちの間で共有されていた。一部の「優秀な」遺伝子が探し求められていた。それは争いを犯すことがなく、他者を貶めることがなく、かつての宇宙飛行士のように、長期間、閉鎖的な環境にも耐えられて、性淘汰的な欲望が極力少ない遺伝子だった。

このような人類から、破壊されていない細胞を抽出して、クローン人間を生み出し、太陽の光が届かない海深一〇〇〇〇メートルの海底都市で、人類を未来永劫住まわせる計画だ。この選ばれた少数の人類は、老いることがなく、産むこともなく、ただ永久に生き続けることが想定されていた。このような世界を持続させるためには、人類同士が殺し合う「攻撃性」こそが最も排除すべき性質だった。

二十一世紀前半は、月面着陸や火星探査など宇宙開発がさかんにされてきた時代だが、世紀も後半になると、「シンギュラリティ」以後の太陽の異変により、月や火星などは、避難場所としては意味をなさなくなった。そこで注目されたのが光の届かない海底だった。

そしてラスタは、実は数年前に、この遺伝子抽出事業に関わらないかと密かに打診され、挫折した経験があった。「ピンゲラップの方舟政策」という言葉を聞いたラスタは、ここ十数年の世界の破綻を、走馬灯のように思いおこした。

＊

「われわれの計画は、ピンゲラップの方舟計画とも関係がある」アメノは大切なことを話すときに人がする、相手を奥深く見やる表情をした。刺すようににらむ目だ。

「あなたは若いのに、ずいぶん重要なことをご存じですね」ラスタは警戒した。

「われわれは日本国の中枢だ」ラスタは自分は埼玉県に土着の人間なので、そんなことは知ったことではないと思った。

「それはすごいですね」ラスタは気のはいらない生返事をした。政治的ウィングは右も左も好きではなかった。

「われわれは、アカ、クロ、シロ、アオでできた国を復活させる。私のおなかの子は、その始原となるだろう」

「その色に何の意味があるんだ？　そもそも色の見える人間は今、処罰の対象になるんだぞ」警官は面倒なことに巻き込まれたくないという困った顔をして尋ねた。体全体が黒く、病室に穴がうがたれたように見える。

「それはこの黒と白だけの世界では不可能ではないですか？」ラスタは冷静に諭した。

「私は見える、アカ、クロ、シロ、アオが！」ラスタにはにわかに信じがたかった。

「私には見える、先生のパンダが、赤い目をして、黒い手をして、白い腹をして、青い尾をもつのを！」ラスタと警官はぎょっとした。

「どうりで！　やっぱり気が狂っているんだな！」警官が大きな声を上げた。

「……！　なぜうちにパンダがいると知っているのですか？　しかも……うちのパンダは黒と白のはずです！」ラスタの美しい顔は青ざめた。仕事のことをすっかり忘れて、思わず詰問せざるをえなかった。

「きっと、望遠鏡か何かでドームの外からお宅を覗いていたんですよ、先生！」例の警官はあまりの衝撃に笑いを抑えきれないといった感じで、腹を抱えた。

「警察の方は黙っていてください」ラスタはいつになく緊迫した気持ちになった。

「教えてほしいか？」アメノは自分が会話の主導権を握っていることに満足しているようだった。

「望遠鏡で私のことを見ているのですか？」ラスタは仕事のことを忘れて、しかしできるだけ冷静に言葉を返した。ラスタがこのアメノという患者にはじめて向き合った瞬間だったかもしれない。

「そんなことはしていない」アメノははっきりと否定した。ラスタにはアメノが嘘をついているようにも見えなかった。

「この人、少なくとも刑務所には何も持ってきていませんでしたね」警官はちょっと控えめに口を出した。

「みんな同じ夢を見てるんだ」アメノは静かに語りだした。

「夢って……夜、見る夢ですか?」

「われわれ大和民族は、世界の終わりに、みんな夢を見ているんだ。みんな同じ夢を見ているんだ」アメノは警察には目もくれず、ラスタの真っ黒な二つの瞳をじっと見つめた。アメノの狐のような顔が急につややかに見えた。目はラスタもアメノも真っ黒で、美しく光を放っていた。

「どんな夢だか、話してくれますか?」ラスタは冷静を装っていたが、ふだん患者に質問するときとは違い、気持ちはざわついた。

「われわれはパンダから、アカ、クロ、シロ、アオを奪還する!」アメノはいきり立った。

「あなたには関係ないことです」ラスタは冷静になろうとした。

「パンダに未来を奪われてはならないんだ！」アメノは叫んだ。

「……パンダに未来を奪われる……」ラスタは反芻した。

「そうだ、われわれ大和民族は、同じ夢を見ているんだ。パンダから色彩を奪い返す夢を。われわれは、パンダに未来を横取りされてはならないんだ。われわれはアカ、クロ、シロ、アオの邪馬台国を復活させる」

ラスタはあの最近よく診療に来るあれかもしれない、と思った。ここ半年くらい、一般人や一部の祈祷師のあいだで、特殊な電磁波を発信して、人びとの脳波を操作し、集合夢を見させる教祖のような存在が出てきたと噂されていた。

それで精神に異常をきたし、ドームのなかの人間でも診察を求めに来る患者がちらほらと出始めていた。そのなかには、自分は色が見えると豪語する輩もいた。そのことだろうか。しかもウェイライが焦点になっている。たしかにウェイライは目立つので、きっとどこかで盗み見たのだとは思うが……しかもウェイライに色があるなんて、そんな物騒なこと、よくいえたものだ。

ラスタの奥深く潤んだ目は、フィノをひとめで惹きつける魅惑的な目だったが、アメノの目も厚みのある雷雲のような輝きをもち、見る者を釘づけにした。終始、陽気な警官は、変なことには巻き込まれたくないと押し黙った。

ラスタとアメノの黒い瞳は古びた大病院の灰色の一室で合わさり、一瞬で空気がはりつめた。どっしりとしたコンクリートが、固い金属に変わるかのような感覚があった。金属の冷たいにおいがするかのようだ。その緊張は、人類の滅亡が近いことを忘れさせる不思議な妖力をもっていた。

## 5

統合失調症や躁うつ病などの古典的な精神病は、二〇三〇年代には遺伝子検査でその因子が分かるようになってきた。それ以前は、これらの病気は環境的な因子が大きいと思われてきたが、遺伝子が詳細に検査できるようになってから、その微細な遺伝子的徴候をとらえることができるようになったのだ。これらの病気は罹患者自身の精神的、肉体的負担が大きく、社会の正常な運営にもしだいに大きな影響を及ぼすようになったので、日本は国をあげて、遺伝子治療でこうした精神病を治すようになった。

ｉＰＳ細胞の応用研究により、体の一部の遺伝子を操作すれば、体全体の遺伝子を操作できるようになり、二〇四〇年代に入り、そうした遺伝子治療が保険適用になった。日本では二〇五六年の「シンギュラリティ」が起こるまで、国が義務教育中に異常があった学童に遺伝子治療を施す体制になった。この治療は経済が破綻したあとも、小規模ながら、各自治体のクーポン券経済に組み込まれていた。

ただし軽度の双極性障害はクリエイティビティやリーダーの気質が増すとして、社会的評価が高まった。一部の富裕層の間では、双極性障害とりわけ躁病の遺伝的特徴を取り入れようと、闇で遺伝子操作が行われていた。昨日の警察の遺伝子スクリーニングによると、アメノもそうした操作を行われた一人のようだ。

ではこうした主だった精神病がなくなった二〇六九年にはどんな病いがあるのか。もうかなり前からいわゆる「自己肯定感」が増す薬も開発され、多くの人が服用して、十九世紀から二十一世紀前半まで治療できなかったアルコール依存症、ギャンブル依存症、摂食障害などの治療も道筋が開かれるようになった。

また「シンギュラリティ」で性淘汰起源の攻撃性を失った人類は、人間同士の諍いや衝突に見舞われることが前よりずいぶん少なくなった。この二〇六九年に精神病の帰結で一番多いのは、未来への見切りをつけることによる自殺だった。もう人類も自分も長くないなら、静かに命を絶とうとするものだ。でもそれは前ほど悲惨なことには思われなくなった。この終末を迎えた世のなかで、一番大切なのは「自己肯定感」をもって、満足して死ねるか、その一点のみだった。

最新の科学の研究では、「自己肯定感」が相対的に最も高い動物は、飼い猫であることが実証され、彼らが分泌するホルモンの成分を人工的に製造できるようになった。この研究で特許を取った製薬会社はアブダビにあり、現在ではアラブ首長国連邦が最も豊かな国になっていたが、ドメスティックになった日本には、この国の情報はほとんど入ってこなかった。

この時代、一つの大きな変化は、差別意識が病気とみなされるようになったことだ。人種差別や性差別などの差別は、人間の生物学的な異分子恐怖によりもたらされるものであるという学説が定説になり、それらは強迫神経症の一種とされ、治療されるようになった。

二〇三〇年代初めには、人口減で日本は大量の移民を受け入れたが、それに伴いヘイトクライムやヘイトスピーチなどをする国民が激増し、彼らには、投薬治療が行われるようになった。「シンギュラリティ」以後は、政府は人口抑制策に転じたため、移民も排斥されたが、かつての移民の子孫も現在の日本にはいる。エロスと攻撃性を失ったあと、人びとは前より平和に多様性を受けいれていたが、ごく一部の悪意を残す住人たちのあいだでは、差別意識が激化して、病的なまでになっていた。これは地球のわずかな人類の生き残りの和を乱す、重大な瑕疵だった。ラスタもそういった心にわだかまりをもった患者を診ることがあり、そうした患者に積極的に投薬するのだった。

そして「シンギュラリティ」以後、顕在化してきた強迫神経症のひとつに「新生恐怖症」がある。これは日本や地球の滅亡恐怖と連動しているのだが、この終わりそうな世界に命が生まれることに恐怖を覚え、人間であれ他の動物であれ、若い個体を忌避して、まともに触れ合えない神経症だ。

日本が「ピンゲラップの方舟計画」を立ててからは、これは選ばれた住人の間で密かに憂慮される病いになった。ラスタは二〇六五年、「方舟計画」の関係者から、お互いに優良な性質をもつフィノとの間で遺伝子をブレンディングして、子をもうけないかと強い要請があった。新婚当初のことだ。性交は伴わないものの、遺伝子をまぜあわせるなら、事実上、フィノとの子をつくることに等しかった。

しかしその要請が来てから、ラスタは眠れなくなった。フィノとの間に子をもつこと、新しい命が生まれることの緊迫感に、ラスタは耐えられなかったのだ。それは世界が終末に向けて準備しているのに逆行している気がした。そもそもそんな滅亡しそうな世のなかに、子をもうけて、その子は幸せになれるのか、その幸せをとても信じられなかった。

ラスタはフィノと結婚前も結婚後も一度も性交をしたことがない。ラスタが十六歳のとき、フィノが十三歳のときに「シンギュラリティ」がおこったので、当然のことではあった。

しかしそれ以前から、男性は日本だけでなく世界的に、性染色体であるY染色体が年々短くなり、「男らしさ」を急速に失っているといわれていた。二十世紀から二十一世紀にかけて、精子が少なくなる現象が各国で報告されていたが、「男らしさ」が悪とされる時代に、それはある意味で好都合だった。

フィノもラスタと一度はセックスしてみたいという好奇心はあったが、「シンギュラリティ」以後、性欲が失われ、それがどんなものなのか、思い出すこともできなかった。フィノはもっぱら幼稚園児が華やかな女の子に惹かれるように、ラスタと結婚した。

国をあげて人口が抑制されるようになってから、性交というものが闇組織のあっせんにより行われる後ろ暗いものになった。性交とは、わずかに色覚を残した限られた人間が秘密で行う、異常な行為だった。しかも国の「ピンゲラップ政策」では、こうした色覚を残す人間は、攻撃性が残され、人類の和を乱す危険人物として、密かに処刑されているという噂すらあった。ラスタもフィノも本当のところは、どうなのか知らない。

その後、「方舟計画」の主導のもと、ラスタとフィノの遺伝子をもとにつくられた「胎児」

が、病院の研究室の極秘の試験管で育てられた。しかし総合病院勤務だったラスタは、夜なかに秘密の試験管室に侵入し、自分たちの「胎児」が入った試験管を割った。そのあとラスタは精神科に緊急措置入院させられ、「新生恐怖症」と診断された。

その時期、精神科医の仕事も一年間休職した。しかし医者としてはそれまで堅実な成果を上げていたこと、またラスタ自身のカリスマ的な存在感などもあり、ほどなく職場から復職を求められ、再び医師として働くことになった。

ラスタとフィノがパンダのウェイライを近くの老夫婦から買い取ったのは、その時期のことだった。

＊

「明暗顕漠……！　われわれは、アカ、クロ、シロ、アオで創られた邪馬台国を復活させるんだ！」

「そうだ、邪馬台国は復活する！」

アメノは有象無象の群衆に囲まれていた。みな汚い身なりをして、痩せこけている。煤けた衣服は、赤っぽくも、青っぽくも見えた。アメノだけが綺麗な衣装を着て、ピンとはりのある体をしている。狐のような顔は、青く眉毛が描かれ、真っ赤な口紅が塗られていた。

ここは埼玉の中央部のドームシティの囲いの外だ。有毒な雨が降り、草もほとんど生えていない裸の土地だ。かつては住宅地だったが、みな耕作地を少しでも得ようと、人のいなくなった家を壊し、コンクリートを剥がして、痩せた土にわずかながらの作物を植えた。

しかしそれだけではまったく食物が足りず、人びとは飛んでくるゴキブリみたいな昆虫をつかまえては、みなで分け合い食べていた。

「パンダに未来を奪われてはならない」アメノは群衆を前に、驚くほど通る大きな声で叫んだ。

「アメノ様、私もパンダに未来を奪われそうになる夢を見ました。あのパンダは、中国のもののくせに、赤い目をして、青い手をして、白い腹をもち、青い尾をつけている。あれはわれわれの色彩です」群衆の一人が叫んだ。

「私もそのパンダの夢を見ました」群衆の端々から声が上がった。

「アメノ様が私たちに共通の夢を見させてくださっているのです」群衆のうち数人が声をあげた。

「そうだ、その通りだ」アメノは深く頷いた。そして何やら先端が神社の鳥居の色のように朱色の光沢をもつ棒を取り出し、人びとの頭の上にかざした。すると人びとは深く頷き、アメノのことを異様な執着をもって見つめるのだった。

「あの毎日ここを通る黒髪の医者が、パンダを飼っているという噂です」別の若い男が使命感に燃えて、身を乗り出した。

「ああ、あの医者、あのすべてをもった医者をめった切りにしたい！」ラスタのカリスマに極度に魅入られたその若い男が叫んだ。どうやらこの男は、性欲をわずかに残しているようだ。この男だけではない。アメノに集合夢を見させられた人間は、今の時代にはない攻撃性や執着といった心情をしばしば見せることがあった。ただし彼らが本当に色覚をもっているかは疑問があった。彼らは夢のなかだけで、色を見ているようだった。

「まあ落ち着くんだ、あの女はわれわれの計画を知っているはずだ。そうでなければあんなパンダを飼ったりはしない。あの女はわれわれと深いところでつながっている。真理を知る者だ」アメノはいつにも増して、確信をもって人びとに話しかけた。

「アメノ様以外に、そんな方がいるのですか？」群衆は尋ねた。

「あの女は、本当は赤い目をしているんだ。あの女は気づいていないようだが、すべてを知っているはずだ」そういうアメノは、まだ少女であるにもかかわらず、仙人のように見えた。

「そんな人間がいるのですか！」群衆から感嘆の声が上がった。

「ではあのパンダは？」どこからともなく声が漏れた。

「あのパンダは敵だ。われわれの色を奪い取ろうとするＡＩだ。あのパンダみたいな機械にアカ、クロ、シロ、アオを奪われてはならない。あれはわれわれの色だ！」

「明暗顕漠！」

「明暗顕漠！」群衆が叫びだした。

「アメノ様、あなたが頼りなんです」みなが口ぐちにいった。群衆のあちこちから、声が上がった。あたりは有毒な雨がぱらぱらと降ってきて、怪しい風が吹いてきた。先ほどまで真っ青だった空は、白く渦をまいている。

「アメノ様、ここに選ばれた十代の少年がいます。まだ性欲があるめずらしい人類です」人だかりのなかに道ができて、どこからともなく身なりのいい美しい少年がやってきた。黒い艶やかな髪を、髷を結うように束ね、鮮やかな青の袴をはいていた。そして何より、少年の性器は赤く勃起していた。

「卑弥呼は男と交わらなかった。卑弥呼は孤独だった。それは間違いだった。われわれには卑弥呼の血が必要なんだ」群衆のなかから、この時代にはめずらしく、白髪の長老的な男が進み出て、アメノに話しかけた。

「われわれは卑弥呼の時代をやりなおさなければならない」アメノの真っ赤な唇が開いて、赤黒いのどの奥が見える。

「アメノ様は性欲があるはずだ！」人びとはひどく興奮した。

「そうだそうだ！」

「交われ!!」

「交われ!!」

「高天原の再建だ！」

「一八〇〇年前の世界に、われわれは再び生まれ変わるんだ!!」あたり一帯に怒号が飛び交った。

周囲に煽られたアメノとその十代の少年はおもむろに服を脱いだ。アメノの体は艶があり、はりのあるしっかりとした肉体をしていた。縮れた黒い陰毛がなみなみと生え、それが雨粒で濡れた。少年は薄い体毛と薄い肌をもち、青い血管が赤い乳首や性器に透けて見えた。よく鍛えられたがっちりとした肉体だ。

そしてアメノは少年を引き寄せ、足を大きく開き、勃起したペニスを膣にねじこんだ。ふたりは立位で交わった。みな勃起したペニスなど、「シンギュラリティ」以降見たことがなかったので、異様な興奮で迎え入れた。

「交われ!!」

「交われ!!」

群衆の間から、雨のような拍手が巻き起こった。異様に興奮して、泣き出す者、くずおれる者、卒倒する者などが続出した。雨は次第に小雨からどしゃぶりの雨に変わった。

アメノの白い顔と、赤い脱ぎ捨てられた衣装、少年の結んだ黒い髪と、青い鮮やかな袴が、水を含んで不気味に照り輝いた。荒廃したドームの外の世界は、降り注ぐ毒によって、枯れた葉と生気を失った土が、赤みがかった世界をつくっていた。

遠くで雷の音が聞こえていた。

＊

「先生、私は先生に会うためにここにやってきたんだ」古びた病院の一角で、ラスタとアメノの目がまっすぐに合った。かび臭さが、空気の鋭さを増すようにも感じられた。

「…………」ラスタは何も答えなかった。

「先生は……われわれの未来の計画をすべて知っているんだ」

「…………」ラスタはああまたかと思った。

「先生はパンダなんかに未来を奪われてはいけないんだ」アメノは髪を振り乱した。

「そんなこと、他人のあなたにいわれる筋合いはありません」ラスタは、なぜ目の前の女がウェイライのことを知っているのか、自分に極端なこだわりをもっているのか、論理的な説明ができないことにいらついたが、アメノの忠告をつっぱねるしか、ひとまずはできなかった。

ふだんの診療ではこんな敵意のある言葉は発しないが、ラスタにとっても大切なウェイライの命がかかるきわめてプライベートな会話だった。

「そんなこと、あなたはいえる立場なのか？　この滅亡を待つ世のなかで……大和民族を再起させる私にそんなことがいえるのか？　しかもこの埼玉の地に」アメノはラスタのことをにらみつけた。

「大和民族を再起ですか……」ラスタはあきれた。最近、ドームの外で、大和民族再起説という無謀な説が叫ばれていることをいつか小耳にはさんだのを思い出した。

この国境がほとんど閉じられた世のなかで、異分子を嫌い、日本国を再建しようとする右派的な動きは二十一世紀に入った直後からさかんにあった。しかしここ最近のものは、卑弥呼の生きた一八〇〇年以上前の国家を再建しようとする計画だった。彼らの一部は色も見えて、他民族に対して敵意をもっているとも伝えられている。

敵意というのが、そもそも人類の性淘汰の欲求から生まれると分かった以上、彼らに何らかの性的欲望が残されていることが予想された。投薬でこういう人を治療できるのだろうか、とラスタは思った。「ピンゲラップ政策」では、こういう人たちは密かに殺されているという噂すらあるのだ。

「私は、邪馬台国を再建する。サキタマの地に卑弥呼が生きた時代だ」アメノは手錠がかかった両手のこぶしをぎゅっと握った。手錠のメタリックな灰色と、アメノの幼くも見える灰色の手の甲を分けるのは、質感でしかなかった。

「埼玉の地に卑弥呼がいたんですか」また変なことをいっている埼玉人がいるとラスタはおかしく思った。

埼玉に限らず、こうして都道府県で閉じられた経済になった今は、みんながみんな、自分の地域に始原を主張するのかもしれない。きっと大昔の戦国時代なんかもそうだったのだなと、ラスタは思った。お気に入りの銀色のペンが、ぴんとした空気のなかで光った。

「先生はパンダなんかに未来を渡してはいけないんだ。あの色のついたパンダは大和民族の再起のさまたげだ」ラスタはぎょっとした。

「先生、今調べたら、ここに大和民族再起説をとなえる最近の人間の色覚と、西洋起源の色覚は違うって書いてありますね。なんか近ごろ、秘密裡にふたつの団体が抗争しているようですね」黒い服を着た警官は、黒いタブレットで機密情報を参照した。

「その通りだ」アメノが威風堂々と答えた。

「明暗顕漠と西洋人の色彩の何が違うんだ？」警官が詰問した。

「やつらの三原色である赤、緑、青は、そこから無数の色ができあがる。しかしアカ・クロ・シロ・アオはそれが完成形で、それこそが世界の到達点なんだ……やつらの色が因数分解の因数なら、われらの色は唯一無二の素数なんだ」アメノがそう演説して、ラスタと警官は圧倒された。

「ＲＧＢと日本の色彩の違いか！　アメノちゃん、すごいね。ラスタ先生、じゃああとは精神鑑定お願いしますね！　この人、思ったより賢そうですね。罪に問えるでしょうかねえ、あはは！」例の警官は、場違いに大笑いした。しかしこの警官の鷹揚さによって、アメノは処刑や死刑をまぬがれているのかもしれなかった。

ラスタは警官の気楽さをうらやましく思った。自分はこの患者の扱いいかんでは、ウェイライの未来に影響が出るかもしれない。もしこの患者を有罪にしたら、彼女の「大和民族」の党派が恨んで、ウェイライを殺してきたりしないだろうか。

そんなことをラスタが考えていると、アメノは何やら手に握りしめた錠剤をラスタに渡してきた。なんだろうと不審に思ってみると、「ピンゲラップの方舟計画」の対象者にだけ配られていた性欲増強剤の名前が書いてあった。

「……こんなもの、一般人のあなたがどうやって手に入れたんですか？」ラスタは方舟計画への参加を打診されたとき、この薬を関係者が差し出してきて、反射的に断ったことを思い出した。ラスタはあのとき、生殖器からではなく、皮膚からの細胞をブレンディングすることを選んだのだ。

「私の両親が遺したものだ」アメノは誇らしげに答えた。狐のような顔が美しく照り輝いた気がした。

「そんなもの、親からもらうものなのですか？」ラスタは驚いた。

「私の両親は、厳しい世のなかでも血が続いていくことを望んでいた。それだけが救いだと」

アメノの黒い目が少しうるんでいるように見えた。

「ご両親は、どんな方だったんですか？」ラスタはアメノに訊いているのか、警官に訊いているのか分からないといった感じで、問いを立てた。

「古い戸籍情報によると、アメノ氏の両親は、『シンギュラリティ』のときにたまたま水深一〇〇〇メートルの海底にいた自衛隊員のカップルらしいですよ」

「その通りだ。私の両親は色覚も性欲ももっていた。しかも私は自衛隊の精鋭部隊で遺伝子操作を受けた、ギフテッドベイビーだ」アメノの狐のような顔が精悍に輝いた。白い顔に黒い眉毛と目と唇がしっかりと線のように引かれていた。

「……それは！」ラスタは、そういう性欲や色覚を残した人びとの話を、遠い国の物語と思っていたので、正直驚いた。

「そうなんです、地上も宇宙もあのときはだめだったけど、海底にいた人間だけが、昔の能力を残されたそうですよ」警官は目を丸くして答えた。

「それはすごい話ですね」ラスタはそんな人間に会うのは初めてだった。

「でも、色も見えて、性欲もあるのは邪悪だっていわれて、みんな国に殺されちゃったらしいですけどね」警官の言葉にラスタは絶句し、アメノは静かに頷いた。

「やあ、あの『シンギュラリティ』直後の時期は、政府のトップシークレットだったらしいですよ。でもね、今よりましだよ。今は、孤児なんて、仮にいたとしても、殺されるか、自然に死んじゃうか、どっちかなんだから。これは秘密ですよ！」警官はめずらしく固い顔をした。しっかりと閉じられた唇が、ふだんより黒くなったように見えた。

「お気の毒ですね」ラスタはアメノのことを気遣った。自分の両親が飢餓で死んだことも思い出された。

「私はこんなことを話しに来たのではない。先生はわれわれ民衆に色を呼び戻し、大和民族の再起に力を貸す人間だ。交わって、卑弥呼の血を再興させなさい」

「卑弥呼の血など残っていません。今は二〇六九年です」ラスタは毅然として答えた。

「先生は、自分が赤い目をしているのを知らないのか？」アメノはラスタを覗き込むように見た。ラスタはどきっとした。

「……目が赤いって……失礼な」ラスタは正直、そういわれて図星だった。実は幼い子どもころ、一部の子どもから赤い目をしていると指摘され、いじめを受けたことがあったのだ。しかし両親にきいてみても、そんなことはないと答えるばかりで、自分で自分の目を見ても、「シンギュラリティ」の前から、黒くしか見えなかった。

「先生、すみません、へんな患者で！」警官が何かプライベートなことを覗き見たのではないかとあわてて、面倒には巻き込まれたくないという顔をした。

「いいです、治療ではよくあることですから」ラスタはとりつくろった。

「じゃあ、その薬、捨てておきますよ、先生」警察が気をまわして声をかけた。

「ダメだ!!」アメノが手錠がちぎれるほどに暴れだした。警官が焦って、アメノの背中をさすった。

「ああ、いいですから。あとで捨てておきますから」ラスタはプライドもあり、面倒くさがるふりをした。しかし実際には、ラスタはアメノからもらったその性欲増強剤を捨てきれずに、白衣のポケットのなかにしまっておいた。

　ラスタは性欲増強剤を「ピンゲラップの方舟計画」のときには受け取らなかったが、自分の目が赤いと指摘されて、どうにもアメノのことが無視できなくなっていたのだった。

# 6

二〇六九年十二月十四日、土曜日。ラスタとフィノとウェイライイは、リビングの白いソファの上に座っていた。ソファはよく見ると、合皮の細かい皺がびっしりと見えて、白のなかに微細な黒が詰まっていた。今日はウェイライイのアップグレードを行っているという海外資本の会社に、ウェイライイの未来の処遇を相談しに行く日だ。「シンギュラリティ」以後、日本国外の人びとに関わることはほとんどなかったので、ラスタとフィノはにわかに緊張していた。

「ラスタちゃんは考えすぎだよ。いつもいってるけど」フィノはラスタをなだめた。

「でもこの前もいったけど、ドームシティの外の人間がウェイライイのこと知ってるの。パンダに未来は渡さないって」ラスタはめずらしく激昂した。

「どうせドームの外からウェイライのこと盗み見たんだろう」フィノはこれだからラスタは騙されやすいんだという顔をして応じた。

「しかもウェイライが、なんか色があるっていうんだよ、赤とか、青とか。ウェイライはぜったい黒と白のはずなのに！」ラスタはいきり立った。

「ラスタは分かってないよ、ウェイライとラスタがいかに魅力的かってことを。みんな魅力的な存在に、勝手に期待を押しつけるんだよ。大丈夫だよ、何いったって、俺らは黒と白の世界で平和に生きていくんだ。彼らには何もできないから。俺たちは外のやつらとは違うんだよ。農業をばかにしていた日本国民なんか、みんな死ねばいいいんだ」フィノもいつになく荒っぽくなった。

「ワタシガ　チュウモクサレル　ノハ　シカタナイ　デスネ……ワタシハ　ミリョクテキ　デスカラ」ウェイライがけんかを仲裁するように口をはさんだ。そのふんわりとして大きな白い頭と黒い目元が、ラスタとフィノの応酬を断ち切った。黒と白の体に、朝陽の陰影ができて、微妙なグラデーションをつくっていた。パンダなので、表情はあまり変わらない。

「ウェイはさすがだな！　自信家!!」フィノは自慢の子を褒めるように感心した。

「だってウェイちゃんが魅力的なのはホントのことだもんね！」ラスタはウェイライの手を握

った。まん丸い黒い大きい手がふんわりと弾力的だった。ウェイライの黒く大きな目が、魅惑的な黒曜石のように輝いた。深い光だ。

「ソウデスヨ　ラスタサン　ハ　ワカッテル」ウェイライの表情は変わらなかったが、ラスタには ウェイライが笑っているように見えた。三人は丸く輪になり、手を重ねた。そして顔を寄せ合い、手に互いに息を吹きかけ合った。ラスタとフィノの息で、三人はほかほかになった。ウェイライからは、ぬいぐるみの香ばしいような、甘いようなにおいがただよっている。

「私はウェイちゃんに、未来を賭けているの！」ラスタが強く声を上げたので、フィノは少しびっくりしたようだった。ラスタはウェイライのことになると、少女のようになると愛しく思った。

「ソレハ　テレマスネ」ウェイライはいつもの通り、シニカルだった。

「未来なんて、あるのかな」フィノはひとりごちた。

「マア　ソウイワズニ　フィノサン」ウェイライはフィノの肩にそっと手を置いた。

ＡＩをシニカルにするには技術がいる。二十一世紀初頭は、ＡＩが人種差別的になったり、性差別的になったりして、悪辣な知性をもちがちなことが露わになったが、その後研究が進み、世紀のなかほどには、より複雑な性格を搭載できるようになった。

世界の経済状況も地球環境も悪化したが、一部の富裕層が、死んだ人間やペットの情報をAIに乗せることを求めたために、性格的な再現性や表現力が急速に増していった。

もう命が長くなくなり、ウェイライを売らざるをえなかった夫婦によると、このパンダのシニカルな性格は、人間のパートナーを最も安心させる人工知能なのだそうだ。

「今日はね、フィノちゃんと一緒に、ウェイライのことを、新しい時代にふさわしくアップグレードしてくれる人たちのところに行くから。ちゃんとお留守番しててね」ラスタはウェイライを見つめ、顔を近づけておでこを重ねた。ラスタの硬い額があたり、ウェイライのおでこがやんわりとへこみ、そして熱をもった。

「ワタシハ　オサンポ　イコウカナ」ウェイライはのんきに返事をした。

「だめ、危ないから」ラスタは神経質にとがめた。自分に対してはこんなにやきもきしないのにな、とフィノはちょっとやっかんだ。

「いいよ、大丈夫だよ、自由にさせてあげなよ」フィノは自分のことにももうちょっと注目してほしいと思いながら、ウェイライの肩を抱いた。

「…………」ラスタは黙った。

ウェイライはドームシティのなかを散歩するのが日課だった。ご近所とも仲がいい。この地方には有毒な雨が降るが、ドームシティのなかは、大きな透明な屋根で覆われていた。

　ウェイライはときどき近所の人たちのために黒と白でできた抽象画を描いた。とりわけ命が長くない人たちのところに行き、なぐさみのために絵を描いた。不吉だと嫌がる人もいたが、ほとんどの人がそれで心が癒された。美は滅亡する世のなかでも決して死ななかった。

「……じゃあ、ウェイちゃん、行っておいで」ラスタは玄関を出て散歩するウェイライをしぶしぶ見送って、フィノと一緒に家を出た。街のガラスのドームから、雲がかった空が見えた。入道雲だ。もう冬を迎えているが、昔でいえば夏のような気候だった。

　昔はそのことを危惧する人がたくさんいたが、今はもう気候のことなど誰も気にとめなかった。端的にいえば、みんな地球環境のことをもうあきらめているのだ。

*

「エイスクー」

「エイスクー」

　ラスタとフィノは前もって聞いていた合言葉をインターフォン越しに発した。彼らと同じドームシティのかなり奥まったところにあるマンションの一室のドアが開いた。

このマンションの部屋には、イギリス系のクロモさんという人が住んでいるらしい。重厚なデザインのマンションだ。真っ黒な扉が重々しい。このドームシティでは最上級のマンションに思われた。苗字は明かせないといっていたから、クロモというのも本当の名前かどうかも分からない。

ここはイギリスに本部のある秘密結社「入沌（ニュートン）の森」の埼玉支部だった。噂に聞いた話だと、日本には数十か所この秘密結社の支部があるそうだが、ラスタとフィノは他県の情報に接することがほとんどできないので、実態はよくわからなかった。

地球規模の環境破壊と財政危機が襲った二十一世紀半ばは、どの国も急速に人口が減っていた。そして世界の人びとが性欲と色覚を失った「シンギュラリティ」以後、イギリスも日本と同じように、「ピンゲラップ政策」に類する人口抑制策に舵を切っていた。

地球の気候変動は大きく、農作物をまともに作れなくなった。そのことから算出して、今まで通りの地球人口を保持するだけの力は、人類にはなかった。

そうしたなかで、富裕層の間ではＡＩへの需要が高まった。当然ながら、生殖能力を失った人類が、子どもの代わりにするのである。人間型、パンダ型、ねこ型などいろいろあるが、いずれにしても人間のかたちをしたものよりも、ペットのかたちをしたもののほうが人気があった。

そのなかでも、世界中の革命主義的な科学者やアーティストを擁する「入沌の森」は、ウェイライイのような知能の高いＡＩをアップグレードして、ＡＩによる政治革命を目指しているとのことだった。もはや生身の人間では、あたま数が足りず、革命を起こせない。

彼らはラスタとフィノとともに暮らすウェイライイのことも、どのようにしてかは分からないが、しっかりと把握しているようだった。

「おたくのウェイライイちゃんは元気ですか？」クロモは映画俳優が二十世紀の昔によくやったように、髪の毛を後ろになでつけていた。

この人物は、二十一世紀後半の人物にしては、明らかに生命力と存在感があった。日本で「シンギュラリティ」が起こったあと、経済危機や食糧危機が日本を襲うが、そのせいで、人びとの生命力は着実に落ちていた。日本人のフレイル、すなわち弱体化がしばしば話題になってきたが、クロモという人には、その弱さが見られない。

「はい、とても元気にしています。本当にいい子で……」ラスタは微笑んだ。フィノはクロモと話すのは初めてで、まだ警戒心を解けずにいた。

「ウェイライちゃんは、とにかく頭がいい子のようですね」クロモは自信満々といった様子でしゃべりかけた。若干、目元などが西洋人のようにも見えるが、ほとんどアジア人のようだった。埼玉県が数十年前に発行していたコバトンという小鳩のバッヂをつけていた。

「あの……この前電話でお聞きしましたが、私たちが死んだら、ウェイライを引き取ってくださるのでしょうか」ラスタは先のことを訊きすぎていることに少し気後れしながらも、おそるおそる尋ねた。ラスタの魅力的な黒髪と透明な肌に、クロモも惹きつけられているようだった。

フィノはなかばあきれた顔をしていた。

「もちろんです！　白洲さんと黒川さんは、私たちの大切な友ですし、ウェイライさんは、私たちの革命の徒なのです」クロモは最近の人間では出すことのできないようなはりのある声を出した。腹から響くような歌手のような声だ。

「お言葉ですが、ウェイライを政治の道具に使ってほしくはない」フィノは憮然とした。フィノの銀髪が攻撃的にいきり立つように見えた。

「フィノちゃん！　余計なこといわないで」ラスタは慌てて、顔をゆがめた。

「黒川さん、おっしゃることは分かります。しかし『政治』『政治』といいますが、今、こんな世のなかを動かせるのは、その『政治』だけなんです。人間性が失われるなかで、その人間性を回復するには『政治』しかないのです。私たちは世界を終わらせてはならないんです！」

「…………」フィノは黙りこくった。

「おたくのウェイライちゃんは、特別なのですよ。この前、ドームのなかを歩いているのを見ました」クロモは、少し声のトーンを落とした。

「特別って……何が特別なんですか？」フィノとラスタは同時に声をあげた。

「おふたりには見えないでしょうけど、ウェイライちゃんは、虹色をしているのですよ」クロモの眼光がありえないように光った気がした。

「そんなバカな！」フィノが叫んだ。

「そんなこと……」ラスタはぽかんと口を開けた。

「ウェイライちゃんは、われわれが互いに交わり、産んだり、産まれたりする世界を取り戻すのです。ＲＧＢの世界は無限の色彩を生み出し、無限の人類を世に送り出します」クロモは艶やかだった。

「そんな物騒な！」フィノが怒りに震えた。

「では黒川さんは、この世が終わってもいいのですか？」

「…………」フィノは黙った。なぜ黙るんだ、と自分自身が歯がゆかった。

「黒川さんも白洲さんも、話によると、何年か前に子どもをもとうとしたこともあったらしいじゃないですか」なぜ知っているのかとラスタとフィノはうつむいた。

「ウェイちゃんが、私たちが死んだあとも、みんなの役に立ってくれたら、嬉しい」ラスタは涙ぐんだ。

「だからラスタは気が早いんだって」フィノは舌打ちした。

「おたくのウェイライイちゃんも、この世界の、まさしく未来を築いていく一員なんです。ですから、白洲さんと黒川さんがお亡くなりになった後も、必ずやお引き取りいたします」クロモはフィノの反発は気にとめずに、ラスタとフィノのふたりの肩に手を置いた。

「ウェイライイたちは、人類が仮に滅亡しても、自立して生きていけるんですか?」フィノはクロモを見上げるように質問した。

「もちろんです。われわれはＡＩでいずれは全世界を占拠し、ユートピアをつくります。日本国もその傘下に入るでしょう」ラスタの目に涙が溢れた。

「おふたりの死後にウェイライイちゃんを譲渡されることを希望されるなら、ここで差し上げるＩＣチップをウェイライイちゃんの手のなかに埋めてください。そうしたら、ウェイライイちゃんはおふたりの死後、自発的にわれわれのところに来ます」ラスタの手に、ＩＣチップが渡された。ラスタとフィノは顔を互いに見やった。

「すごいですね……」ラスタは驚いたが、にわかには信じがたかった。

「われわれの技術の粋ですから」クロモは今まで以上に自信に満ちた表情をした。声がビロードのようになめらかだった。

「そんなことといったって、ただの録音装置かなんかではないんですか？　俺たちの生活を覗こうとしているんじゃないのか？」フィノは正当な猜疑心をもって尋ねた。ラスタは少し焦ったようだったが、聞いてほしいことを聞いてくれて助かったという顔をした。

するとクロモが、ラスタとフィノに渡そうとしていたＩＣチップを、奥においてあった別のパンダのぬいぐるみに埋めた。するとぐったりしていたパンダのぬいぐるみが自立して、クロモのほうに歩いてきた。

「タダイマ　カエリマシタ」パンダはクロモに向かって、話しかけた。ラスタとフィノはＩＣチップの威力を目の当たりにして、顔を見合わせた。そしてクロモがＩＣチップをはずすと、またパンダはぐったりとしてしまった。このパンダはウェイライと同じように、ぬいぐるみのようにふっかりとした肌合いのようだ。

「ね、すばらしいでしょう」クロモはにっこりとした。

「…………」フィノは黙りこくった。

「……すごいですね」ラスタは感嘆した。

「われわれは、世界でも一級の科学者をそろえています」クロモは誇らしげだった。「われわれが虹色が見えることは内密にしていただきたい。日本国政府に知れると殺されますから。最近は彼らも日本古来の色彩を回復しようとしているようですが、あれは危ないから注意したほうがいいですよ」クロモがめずらしく、意地悪そうな顔をした。

「…………」アメノのことだろうか、とラスタは考えこんだ。

「虹色が見える世界は幸せなんですか？　あなたたちはウェイライを幸せにしてくれるのですか？」フィノは涙ぐんで詰め寄った。

「もちろんです。ウェイライちゃんも、いずれパートナーを得て、交わり、子を産んでいくでしょう」フィノとラスタはあまりに荒唐無稽なことなので、茫然とするしかなかった。

「あの……それは……お代はおいくらですか？」ラスタはおそるおそるクロモに尋ねた。フィノはもう抵抗するのはあきらめたようだった。

「必要ありません。大切なウェイライさんをお引き受けして、革命戦士になっていただくのですから、お代は必要ありません」クロモはきっぱりと答えた。ラスタの目には、この人が嘘をいっているようには見えなかった。

フィノは不信そうな顔をした。ラスタもかばんにたくさん用意してきたクーポン券を握りしめた。ふたりは思わず息をのんだが、無料というクロモの見解が変わらぬうちにここを去ろうと決心した。

「ではそのＩＣチップをいただいていきます」フィノは不信な表情を消すことはできなかったが、しぶしぶ受け入れることにした。

「ありがとうございます」ラスタは深々と頭を下げた。

「待ってますよ」クロモは自信と善意に満ち溢れた表情で、ラスタとフィノの手を握った。その熱意に圧倒されたふたりはクロモに会釈し、秘密結社「入沌の森」をあとにした。

＊

「ウェイライただいまー！」フィノとラスタは大きな声を上げた。ウェイライはちょうど散歩から帰ってきたところだった。冬の午後の日差しは、部屋のなかに差し込む。気候は変わったが、日の光の角度は年月を経ても変わらなかった。

「ドウデシタカ？　イギリス　ノ　オトモダチ　ハ」ウェイライはあっけらかんと尋ねた。肌の白い部分が日光に照らされて、くっきりと影をつくった。この末世でも、日は上り、日は沈んだ。「シンギュラリティ」のとき、一か月太陽は異様な光を放ったが、その後、何ごともなかったかのようにもとに戻った。

「なんか怪しいやつだったな……俺は信用できないな、タダなんて。しかも色が見えるなんて、詐欺じゃないのか」フィノはクロモに惹かれる点があったにしろ、やはりタダというのは冷静に考えて信用できないと思っていた。

「そうかな、いい人そうだったけど」クロモの存在感に魅入られていたラスタは、困った顔をした。

「ナニガ　タダ　ダッタンデスカ？」ウェイライは首をかしげた。

「なんかね、ＩＣチップを渡されて、これをウェイちゃんに埋め込むと、世界の自由革命に参加できるみたい。私たちが死んでも、ウェイちゃんは生きつづけられるよ」ラスタはウェイライを覗き込むようにしゃべった。

「ソウデスカ　デモ　ワタシハ　ナンカ　キガ　ススミマセンネ」

「そうだろう？　さすがウェイライ、判断力がいい！」フィノはウェイライの肩をぎゅっと抱いた。

「ウェイちゃんがそんなことというと思わなかった。ウェイちゃんは長生きしたいんじゃないの？　なんか子どもも産めるっていう話だよ」ラスタは問い詰めた。

「トニカク　ワタシハ　ナンカ　コウ……カクメイ　ミタイナモノ　ヲ　シンヨウ　シテイナイ　ノ　デスヨ」

「そうだろう？　俺もだよ」フィノはそういいつつも、少し驚いたようだった。

「ワタシハ　ラスタサン　ト　フィノサン　ト　イッショニ　コノヨヲ　サリタイノデス」

「ウェイちゃん、そんなこといわないで。まあとにかく、私たちの死後、ウェイちゃんを引き受けてくれるところがあるっていうので、私も少し安心したから」ラスタは早口になった。ラスタの魅力的な美しい顔が、生気をおびて白く輝いた。そしてその目は黒さを増した。

「ラスタは心配性だから」フィノは苦笑した。

「トコロデ　マダ　ＩＣチップハ　ウメナイデ　クダサイネ」ウェイライは太い手を左右にゆらして、「違う違う」というジェスチャーをした。ウェイライの手で、部屋の空気が揺らいだ感じがした。

「もちろんだよ」フィノはこくりと頷いた。ウェイライが一人前のことをいうので、フィノは満足しているようだった。

「…………」少しとまどったラスタは、どうしていいのか分からなかった。

「ワタシハ　ジブンデ　カクメイニ　サンカシタク　ナッタラ……ジブンデ　ICチップ　ヲウメマス」ウェイライがいつになく、きりっとした表情に見えた。

「すごい、究極のAIだ！」フィノとラスタは手を叩いて驚嘆した。

「すごい、ウェイちゃん‼　じゃあ、そうするね、ICチップはここの引き出しに入れておくから」ラスタはリビングの奥の箪笥のなかにICチップをしまい込んで、ウィンクした。この箪笥は、ラスタの両親からもらった形見だった。今の時代にはめずらしく、木でできている。柔らかい灰色だ。美しい木目が黒と白でマーブル模様のように刻まれていた。

「一件落着だな！」フィノは満足げだった。ふたりはウェイライが賢いことにあらためて驚いた。

ラスタは少し拍子抜けした感じだったが、三人はふたたび、肩を寄せ合って、たわいもないことを語り合った。

ウェイライの黒と白の身体と、ラスタの黒髪、フィノの銀髪が、午後の日差しに照らされ、輪郭を浮き彫りにした。彼ら自身はその美しさに気づいていなかったが、しかしそれは末世に輝く花火のように確かに美しかった。

# 7

二〇六九年十二月二十三日、月曜日。殺された嬰児が、司法解剖を終えて、荼毘に付される日だ。ドームシティのなかにあるが、今まで行ったことのない場所で開かれるその葬式には、ラスタとフィノも呼ばれていた。秘密の葬式だといわれ、口外を固く禁じられていた。患者が少ない今、ラスタにとってもこうした儀式への参加は勤務の一環だった。ふたりは漆黒の喪服に身をつつんでいる。黒い服にも光と影はある。漆黒のなかに、薄く光を帯びた部分と黒く影になった部分が合わさり、海の波のように見えた。ラスタは数日前のアメノとの会話を思い出していた。

＊

「なぜ他人の赤ちゃんを殺したんですか？」アメノは例の陽気な警察官に付き添われ、手錠をかけられていた。

「…………」

「いいたくないのですか？　あなたにも赤ちゃんがいるようですが」

「…………」

「あなたの赤ちゃんはよくて、他人の赤ちゃんは死んでもいいんですか？」

「…………」

「答えてください」

「あいつらはよそ者だ、変な色を見るよそ者だ」

「変な色を見るよそ者……殺された赤ん坊は誰の子どもなのか分かっているのですか？」

「なんかね、外国人らしいですよ」警官が面倒なことに巻き込まれたくないといった顔で、告げ口した。

「あいつらは毛唐だ！」

「困りましたね……アメノさん、そんなことというなら、薬飲みましょう。差別は今、病気なんですよ」

「毛唐」という言葉は大昔の文学などでは目にすることはあったが、ラスタが子どものころはほとんど聞くことがなかった。しかし「シンギュラリティ」以後、急に耳にすることが多くなった言葉でもある。時には「唐」の人という意味で中国人をさすこともあれば、第二次大戦中のように西洋人をさすこともあった。

「シンギュラリティ」以後、色覚と性欲を失った人類は、前よりはるかに争い合うことは少なくなったが、一部の人間は極端に内向きになり、よその人間が入ってくることを密かに忌み嫌った。

「アメノさんは、ずいぶん国粋主義ですね」

「あいつらはヤンキーだ。虹の色が見えるんだ」アメノがラスタをにらみつけた。

「虹の色……そんな人、今どきいるんですか」ラスタは何日か前に「入沌の森」に行って、同じようなことを自称する人びとにあったことを秘密にしようと、できるだけ知らん顔をして答えた。

「あいつらはわれわれの計画の敵だ」アメノの声が病室にピンと響いた。

「なんかね、西洋人の血が入ってたらしいですよ、あの赤ちゃん」陽気な警官が今まででー番困った顔をした。

「われわれは毛唐の血が入っているだけでは、殺したりはしない」アメノは憮然とした。

「じゃあ、なんで殺したんだよ！　あんた死刑になるかもしれないんだよ」ラスタが反応できないで黙っていると、警官ががまんしきれず叫んだ。

「あいつらは、われわれの色を奪おうとしているんだ！　レッド、グリーン、ブルーは無限の色で世界を侵食するんだ。そんなことはゆるされない。アカ、クロ、シロ、アオこそが、世界の完成形だ」アメノはあらんかぎりの声をはりあげた。

「そんな荒唐無稽な！」ラスタは思わず声を上げて笑った。アメノはかなりむっとした表情になった。

「いや、先生……あくまで噂ですがね、まんざら嘘でもなくて、なんかイギリスをはじめヨーロッパが国を上げて、色覚を取り戻そうとしているらしいですよ。すごい薬を開発したとかで……」警官はおおげさに両手を上げた。

「私の子どもは純血種だ。アカ、クロ、シロ、アオしか見えない。彼らの色には染まらない」

アメノは誇らしげに大きなおなかを触った。

「また明暗顕漠ですか。それに純血種……どうしてそう思うのですか？　日本人なんて、みな他の大陸からやってきた人間の寄せ集めですよ」ラスタは大学教授の両親が昔いっていた通りに答えた。

「私と交わった十代の男は、遺伝子的に最も純粋な日本人なんだ」アメノは遠い目をした。病院の壁の向こうを見ているようだった。

「なんかね、この人とセックスした男の子は、どっかの右翼団体の子どもみたいで、今、警察に保護されているんですよ」警官がすかさず秘密情報で説明した。ラスタはこの警官は侮れないと思った。

「『純粋』なんて概念は幻想ですよ」ラスタは諭した。

「私の赤子がそんな邪心を振り払う！」アメノはいきり立った。

「ところで、もうすぐ産まれそうですね」ラスタはアメノの大きなおなかを見て、話しかけた。妊婦の腹を面と向かって見るのは正直初めてだったが、医学の教科書に載っている写真を思い出した。

「十二月二十四日が予定日だそうです。クリスマスですな、ははは」警官は、この国粋主義のアメノという少女の予定日がクリスマスであることを、面白おかしく思っているようだった。

「……その日に大和民族は再興するんだ！」アメノは興奮した。

＊

ラスタは数日前にトリップした自分の意識をもとに戻した。街のはずれの銀色のモダンな扉を開けると、お香のような香ばしいにおいがする。こんなデザイナーズマンションのような場所がドームシティにもあったのだと驚く。

部屋は三十畳ほどの広さだろうか。葬式会場としては狭く思われたが、極秘の葬式ということだから、あまり人は来ないのだろう。壁一面に何かテラテラした素材の、まだらな模様の布がかかっている。

ラスタとフィノのあとから、十人ほど人が入ってきたが、みな西洋風の外国人のようだ。がっちりした体つきをしていて、腰や肩が発達している。ラスタもフィノも、こんなに外国人を見るのは初めてだった。

「参加者の方ですね」受付で参列者を管理している髪がウェーブがかった女性がにやりと笑っ

た。髪の色は少し薄い感じもするが、この女性の人種はまったくよく分からなかった。なにか人間の原型といったプリミティブなムードをかもし出している。

「私はジャームといいます。胚つまり新芽という意味です。今回の式典をオーガナイズしました」この女性は自信に満ちているように見える。

「はい、精神科医の白洲ラスタと、夫の黒川フィノです」ふたりは葬式らしき雰囲気とは少し違うので、落ち着かない。

「ああ、精神鑑定する方……あのアカガワアメノという女は確信犯ですよ。私たちのレインボーチャイルドを殺したんですから」このジャームという女は、そういいつつも、正直、あまり感情移入していないかのように見えた。赤ん坊を殺されたことに、あまり動揺していないようだ。

「ご愁傷さまです。アメノさんはアカガワさんというんですね」

「その通りです。朱色の朱川です。朱色は邪馬台国の人間にしか見えません。スペクトルの色にはない、濁りがあるんです。あの女は狂信的なジャパノロジストです」ジャームはいぶかしい目をした。

「私たちは色が見えないので、何ともいえませんが……ではみなさんは、いや、殺された赤ちゃんは、どんな子だったんですか？」好奇心旺盛なフィノが後ろから割って入った。

「虹色が見えました。私たちはみな虹色が見えます。虹の約束です。色が限りなく増えていく虹の約束は無限なのです。私たちは創世記の約束を世界に再び広めます。一人殺されても、私たちはまた産むことができる」ジャームは目をこれ以上ないほどにぎらぎらさせた。周りの参列者は、聞いているのかいないのか、日本語が分かっているのかいないのか、みな別々の方向を見て、静かに笑みを浮かべていた。

「そんな方たちが、今でも生きているんですね」ラスタとフィノは声をそろえた。もしいっているいることが本当なら、逮捕されるかもしれない。大変なところに来てしまったと思った。

「黒川さん、白洲さん、ここにかかる布はどんなふうに見えますか？」ジャームは、ラスタとフィノを覗き込んだ。

「まだらな、少しテラテラした黒と白が見えます。大理石のような微妙な色合いですね。お香のようないい香りがしますね。表面はつるつるしています」相手が色が見えるかもしれないことに、少し引け目を感じながら、ラスタは見えるとおりに説明した。

「そんなつまらない視覚で、人類が満足してはなりません。今日は私たちの嬰児の弔いとして、私たちのもてなしを受けてください」ジャームの目の奥が光った。髪と同じように、少し明るい色をしている。

何やら隣の部屋から、紅茶のような飲み物がたくさん運ばれてきて、皆に配られた。西洋風の茶の清涼な香りに、強く、独特の甘いにおいがまとわりついている。

参列者たちはみな紅茶を手にして、いっせいにジャームのほうを凝視した。

「産めよ、増えよ、交われ！」しばらくの沈黙のあと、ジャームが叫んだ。十数人の参列者は服を一枚ずつ脱ぎ、男女の別なく、ただ無言で抱き合いだした。みな、言葉は発しないが、興奮して、息が荒い。これが歴史上幾度となく記録された、乱交パーティーというものだろうかとラスタとフィノは恐ろしくなった。

「失った命を補完するために新たな命を生むんだ。私たちはすべての色が見える。限られた色しか見えない人類を駆逐せよ」ジャームはあふれんばかりの拍手をして、部屋全体を煽り立てた。

ラスタは思わずその紅茶を一くちだけ口に含んだ、すると下半身に何か違和感を覚えた。今まで感じたことのない特別な感覚だった。最初はよく分からなかったが、周囲の入り乱れる人びとを見て、それが性交したい欲望であるということに初めて気づいた。「シンギュラリティ」以前にも性欲を感じたことのないラスタにとっては、生まれて初めてのことだった。

「フィノ、ちょっと」ラスタはフィノに体を寄せた。

「え、ラスタちゃん、ちょっとこれまずいよ」フィノはうろたえた。

「フィノちゃん、なんかこれ、気持ちいいよ……飲んでみなよ……」ラスタの顔つきが何か今まで見たことのない様子に変わった。

「……ラスタちゃん……」フィノもおそるおそる、その紅茶を口に含んでみた。

「……なんか黒でも白でもないものが……見える」ラスタの声が震えた。

「……そんなばかな……」フィノも声を震わせた。

「…………私、今、ちょっと変なの……フィノちゃん、お願いだから、これ飲んで」ラスタはアメノから前にもらった性欲増強剤を差し出した。

「こんなへんなもの、飲めないよ！」フィノは激しく拒絶した。

「いいから、私も飲むから！」ラスタは自分から錠剤を飲み、フィノの口のなかにも無理やり押し込んだ。フィノは最初、いやがったが、ラスタがフィノの太もものあたりをしきりに撫でるので、そういうことかと思いなおし、受け入れた。

　すると激しい色の渦がふたりを襲った。赤、黄、オレンジ、緑、青、紫、そしてふたりが普段見ていた黒と白も、とたんに色として見えだした。そしてさらにピンク、ベージュ、朱色、濃紺、金、銀、あらゆる色が目に飛び込んできた。しかしラスタもフィノも、この色を何色と言うべきかの言葉をもたない。あの部屋に張られた幕は、こんな色をしていたのかと、もうラスタとフィノは卒倒しそうになった。

ラスタの艶のある黒髪は、一層輝きを増して、フィノの愛撫を受け入れて千々に乱れた。今の彼らの目には、少し青みがかって見える。フィノの近未来的な銀髪は少し金色に近かった。ふたりが抱き合うと喪服が擦れる音がした。しかしその喪服は、ラスタのものは紺に近く、フィノのものは緑がかっていたことにふたりは気づいた。

「ラスタちゃん……ラスタちゃんの目はちょっと赤いよ」フィノは興奮して答えた。

「え……ホントに」アメノと昔の子どもたちがいっていたことは本当だったということに気づいた。

この部屋の人間は、みな性器を充血させて、呼吸をあらげて交わった。ラスタもフィノも興奮した性器など見たことはなく、交わる人間も見たことがなかった。天国とか地獄とか、そういう極端なものがあるなら、こういうところなのだろうとふたりは思った。

ラスタとフィノは絶頂に達して、交わった。お互い初めての性交ということもあり、痛みもともなったが、ふたりのあいだに、恐るべき快感が襲ってきた。

# 8

夜、寝静まっていると、何か物音がする。しばらくすると、それがドアを叩く音であることに気づく。誰だろう…………アメノとジャームが争い合いながら、やってくる。彼らは玄関にやってきた。なぜここに来れたんだろう。

ここはラスタとフィノの家だ。アメノとジャームの瞳には何か色がついているように見えるが、ラスタとフィノはそれが何という名前の色なのか分からない。

「ドナタ　デスカ」ウェイライは玄関に応対に出た。ウェイライの姿は、闇のなかでぼんやりとしていた。霧がかった空気のなかで、黒と白のまだら模様が、大きくなり、小さくなり、船酔いしているかのように大きくゆれた。

「私だ……ウェイライを奪い取るために遣わされた使者だ」アメノとジャームは声をそろえた。ふたりの声は全然違うので、まるで別々の言葉をいったように聞こえた。彼らは刃物を持っている。アメノは朱色の血、ジャームは深紅の血をつけた刃物だ。ドームの向こうに見える真っ赤な太陽と共鳴しているかのようだった。

「アカ、クロ、シロ、アオをAIに奪われてはならない！」アメノは叫んだ。

「あの虹色をしているパンダを捕まえろ！」ジャームも叫んだ。

「やめてください！」ラスタとフィノは必死で間に入った。

しかしアメノとジャームは、朱の血と深紅の血をそれぞれ口から流しながら、玄関に佇むウェイライの心臓を同時にナイフで突き刺した。あたりにウェイライに詰めてあった綿毛が雪のように舞った。白い綿毛が、様々な、見たこともない色に変わって、床はどこかの国の絨毯のようになった。

するとドームシティのドームの穴から、真っ青な空が堕ちてきた。

ラスタとフィノのマンションにも、晴天の霹靂のような津波が襲ってきて、彼らを飲み込んでいく。前後左右の区別がつかなくなる。混沌とはこのことか、世界の始まりとはこのことか、ラスタとフィノは溺れそうになった。ウェイライもこの渦のなかに巻き込まれようとしている。

「ウェイちゃん！」

「ウェイライ！」

「助けて！」ラスタとフィノは飲み込まれそうになり叫んだ。誰に助けを求めているのかは、自分たちでもわからなかった。

「ラスタサン　フィノサン　コッチへ」ウェイライは刺された心臓から血を流し、手を上げてふたりを安全なところに導いた。

ふたりを助けたウェイライは静かに手を振った。ふかふかとした手の感触が、遠くから見ても伝わるようだった。ウェイライの心臓から流れていた赤色でも朱色でもあるその血は止まり、黒いかさぶたになった。そして再び世界は黒と白に落ち着いた。

ウェイライはいつのまにか、ラスタとフィノが交わって産まれた赤子になっていた。そしてそのパンダとも赤子ともつかない肉の塊は、黒と白の混沌のなかに消えていった……ラスタとフィノは目を覚ました。ふたりはウェイライがベッドの真んなかですやすやと寝ていることに安堵した。

＊

「私……怖い夢みた」

「……俺も見た」

「ウェイライに助けてもらう夢……」

「俺も助けてもらった……」

「ドームが壊れて、空が堕ちてきて、なんか見たことのない色の液体が私たちを飲み込んで……ウェイが消えちゃう夢……赤ちゃんも……」

「……同じ夢だ……大丈夫だよ……埼玉には海はないから……しかし奇妙だな、同じ夢を見るなんて」フィノは夢の映像を振り払おうと必死だった。

「あのアメノっていう殺人犯が、今はみんな集合夢を見るんだっていってた」

「俺もその噂、聞いたことある。何か悪い電波が飛んでるらしいね」

フィノとラスタが寝汗を拭きながら話していると、ウェイライが眼を覚ました。

「オハヨウゴザイマス」いつもと変わらないウェイライだった。

「……ウェイちゃん……」

「……ウェイライは何か、夢を見なかった？」

「ナニモ　ミマセン　デシタネ」

「……そうか、よかった……」フィノは胸をなでおろした。

「オフタリ　ハ　ナニカ　ミタノデスカ？」

「ウェイちゃんに助けてもらう夢、見たの」ラスタは汗で額に張りついた髪の毛をうしろに払った。汗ばんだラスタの肌は、艶やかに白く輝いた。黒い髪はいっそう黒く見えた。

「いや、ウェイライが刺される夢だった」フィノは正直な男だった。

「フィノ、余計なこといわないで。心配しちゃうでしょ！」ラスタがフィノの口を押えた。

「ブッソウ　デスネ」ウェイライは表情を変えなかった。

「いや、俺もラスタも、アメノとジャームっていう色が見えるやつらのことが気になっていて、心配になって見てしまった夢なんだ。気にすることないよ。今は変な夢を見るような電波もこころへんを飛んでいるっていう噂だし」ラスタとフィノは昨日の奇妙な葬式で、一瞬の間、性欲と色覚をもったが、それは一夜明けると再び完全に失われていたのだった。ふたりは昨日のことを思い出そうとしても、ほとんど思い出せなかった。変な夢を見たのも、昨日、変なものを飲んだせいもあるかもしれないと、かすかな記憶をたどりつつふたりは思った。

「そうね、ウェイちゃん。ウェイちゃんは強い子だからきっと大丈夫」ラスタは笑顔を作った。

「ソウデスカ　デハ　キョウハ　イマカラ　バイト　ニ　イッテキマス」

二〇六九年十二月二十四日火曜日、クリスマスイブの昼間、ウェイライは、世界のスーパー富裕層のためのクリスマスケーキにいちごを乗せるバイトの約束があった。クリスマスケーキは日本円で今、一・五兆円する。

富裕層の数はごく少ないし、埼玉のドームシティのなかでもケーキが食べられるほどの金持ちはどれだけいるのか分からない。ただウェイライのようなAIならば、盗み食いすることがないので、採用された。バイト代はクーポン券で支払われる。ラスタとフィノにとって、ウェイライのバイト代は貴重な収入源だった。

「ああ、ウェイちゃん、心配……」ラスタはうろたえた。

「ダイジョウブ　デスヨ　ユメナンテ　キニシテナイデス」ウェイライはいつも平常心だった。

「本当に気をつけて……」ラスタは涙ぐんだ。

「ワタシハ　ブジュツ　モ　デキマスカラ　アンシンシテ」ウェイライは空手七段の腕前だった。フィノとラスタの家に来てから、趣味で教室に通ったのだった。

ラスタはウェイライイを抱きしめた。そして夢のなかで刺された心臓のあたりを撫でた。ウェイライイはラスタの手に触れた。その大きな体は、何よりもふんわりとした肌触りだった。ラスタは泣き出しそうだった。そしてそれを見たフィノも目頭が熱くなった。この未来がない世のなかで、ウェイライイを失うことは、あまりにつらく悲しいことだ。

「デハ　ラスタサン　フィノサン　イッテキマス」ウェイライイは手を振って家を出ていった。ラスタとフィノも手を振った。

今日の空は白くすっきりと晴れている。めずらしいほどに寒い。四、五十年前は関東地方で冬らしい空といえば、晴れた透き通るようなぴんと張りつめた空だったが、今は気温が高く、いつも曇りがちだ。けれど二〇六九年のクリスマスイブは、空気がひどく澄んでいて、昔懐かしいクリスマスを思わせる日だった。

＊

この日、ラスタはウェイライイのことが心配で、気が気ではなかった。フィノも表情には出さないが、やはりいつもより緊張しているように見えた。今日はクリスマスイブだし、何か起こるのではないかとも思われた……ラスタもフィノも夢の記憶が容易にはぬぐえなかった。

「まあ、あのアメノという患者は国粋主義みたいだから、クリスマスなんてどうでもいいと思っているだろう。あのジャームという女も、クリスマスだから、きっと仲間とラリってるよ。ラスタちゃん、心配しないで」フィノはラスタをなぐさめた。

ラスタは何か月も前からクリスマスには休みを申請していたので、家で待機して、ウェイライの帰りを待った。壁にはウェイライが何日か前に描いてくれた黒と白の美しい抽象画が飾られていた。ラスタとフィノはその絵をじっと見つめた。

そして朝、十時過ぎだろうか、ラスタの携帯電話が鳴った。警察からだ。ラスタは心臓が握りつぶされるくらいドキっとした。こんなことなら普段どおり仕事をしていたほうが気がまぎれたのにと思われた。まさかウェイライのことだろうか……

「プルプルプルプル」

「……出なよ、ラスタ」

「プルプルプルプル」

「……いいよ、俺が出るよ」フィノはラスタの携帯を奪った。携帯電話は遺伝子スクリーニングで本人しか使えないようになっているが、ラスタは自分が死んだときのために、フィノにも使えるように設定していた。

「あ、白洲先生……白洲先生いらっしゃいますか？　警察の者です」

「私は夫の黒川ですが、私ではだめですか？」

「あ、いえ、あの例のアメノという殺人犯のことで連絡がありまして……」

「うちのパンダのことではないんですね？」

「……パンダは関係ありません」フィノはウェイライのことではないので、胸をなでおろした。

「分かりました、かわります。ラスタ、患者のアメノさんのことで電話。ウェイライのことではないって」ラスタは胸をなでおろした。こんなに安堵したことは、近々なかった。

「もしもし、かわりました……白洲です」

「あ、先生……警察の△△ですけど」

「どうしました？」

「あのアメノが、あの妊娠していたアメノさんが、死産されたそうです」

「…………」

「今日、予定日だったんですが、死んだ赤ちゃんが生まれたそうで……」

「…………」

「白洲先生にも伝えたほうがいいと思って、こんなクリスマスイブですが、ご連絡しました。もはやアメノさんにも子がいませんので、先生の精神鑑定の結果にも影響すると思いまして」

「…………」

「先生、大丈夫ですか？」

「……すみません……思ったより私、ショックを受けていて……」ラスタはいつになく取り乱した。フィノも心配そうに見つめていた。いつもより寒いように感じられるこの日、マンションの壁が冷たく迫ってくるような感じがした。空気もひんやりとしたにおいがする。

「すみませんが、アメノさんがひとこといいたいそうです」警察が電話をかわった。

「先生……今日、夢を見ただろう？」アメノは電話口で開口一番、そういった。ラスタは今朝がた見た夢を鮮明に覚えていたので、動揺した。ウェイライがアメノとジャームに刺されて、ラスタとフィノの赤子が死ぬ夢だ。

「あの通りになるよ……私は負けたんだ」アメノはいつになく静かに、落ち着いた声をしていた。

「負けたって……アメノさん、やめてください。元気出して」ラスタは思わずアメノをなぐさめた。どうして、ほとんど敵対していたアメノに同情的なのか、自分でもよく分からなかった。

「まあ先生が私のこと、生かしてくれるなら、また子を産むさ」アメノは少し笑った。

「……アメノさん、まだお若いですから」ラスタはそれ以上、何をいっていいか分からなかった。妊娠出産など、この世のなかでは途方もないいばらの道に思われた。実際、人によっては逮捕されるのだ。

「先生、すみません。変なこといわせて。一応、お伝えすることだけ、お伝えしました」陽気な警官も、ここでは笑わなかった。

「お電話くださり、ありがとうございます」ラスタは動揺を隠しきれずに電話を切った。そしてすぐさま床にしゃがみこみ、泣き崩れた。

「ラスタちゃん、どうしたの⁉」フィノはしゃがみ込むラスタの背中を覆うようにさすった。片隅で電話を聞いていて、おおかたのことは察しがついたが、ラスタがここまで悲しむのには理解に苦しんだ。さすられたラスタの背中に美しい黒髪が散らばった。

「アメノさんの……殺人犯の赤ちゃんが死んじゃったの……」

「ラスタがそんなに悲しむこと、ないじゃないか……」フィノがあっけにとられた。

「………」

「アカ、シロ、クロ、アオなんて、見えたってしょうがないじゃないか！　僕らは黒と白だけで、十分幸せだよ」フィノも少し涙ぐんでいるようにも見えた。

「……そうかな」ラスタは自分がこんな言葉を発したことに驚いた。黒と白の世界に迷いはないはずだった。

「昨日のことがあるし、僕らにだって、子どもが産まれるかもしれないよ、ラスタちゃん」フィノは昨日のラスタとの甘美なセックスのことを思い出して、ラスタの背中を優しくさすった。色が見えたことは、まるで嘘のようだった。臨死体験というのがあったら、あんなものなのだろうかと思われた。ラスタとフィノは、昨日、あのあと、どうやって家に帰ってきたかすら思い出せなかった。ただあのことは黙っていなければならないと感じていた。

「それは無理だと思うけど……なんだか分からないの……ただ……悲しいの……泣かせて」フィノはラスタの体を包み込むように抱きしめた。そしてラスタの猫のような弾力ある体を撫でるように愛撫した。ラスタは体を震わせた。

「飲みなよ、薬」フィノはラスタの頬に唇をあてた。ふたりの顔が熱をもった。

「……うん」涙にぬれたラスタは、小さく頷いた。

精神安定剤を飲んだラスタは、しばらくすると次第に眠りに落ちた。フィノとラスタは、ふたりでソファで数時間、傷をなめあうように寝た。体は昨日セックスしたときよりも密着しているようにも見えた。フィノの銀髪とラスタの黒髪が、いつものようにくっきりと重なり合い、黒と白が際立った。

＊

「タダイマ　カエリマシタ」ウェイライイの大きな丸い白黒の体が、夕方、ドア越しに見えた。ウェイライイが戻ってきた。ラスタとフィノは、まるでサバンナで探していた野生動物を見つけたかのように歓喜した。

「……ああ、ウェイちゃん！　無事でよかった!!」ラスタは数時間前に泣きはらした目を、喜びで見開いた。はれ上がったまぶたは重く感じられた。

「……ウェイライイ！　ホントによかった。心配してたんだぞ！」フィノもいつも以上にはりのある声をあげた。

「ダイジョウブ　デスヨ…………タダノ　バイト　デスカラ」三人は抱き合った。ウェイライイの弾力で、三人は四方に弾んだ。

「トコロデ　フィノサン　ラスタサン　オミヤゲ　ガ　アリマス」ウェイライイは何やら袋のな

かから、チタン合金かと思われる立派な金属の箱を取り出した。フィノの銀髪と金属の銀色が共鳴して輝いている。黒と白の世界では、銀色と灰色を分けるのは、光沢のありかただけだった。銀色のほうが反射光がぎらぎらしているのだ。

「……なになに？」ラスタとフィノは興味津々だった。

「クリスマスプレゼント　デス」ウェイライイが立派な金属の箱の鍵を何桁もの番号を打って開けると、なかには真っ白な生クリームのクリスマスケーキが入っていた。

「…………!!　どうしたんだ、ウェイライイ……!!　こんなもの……!!」フィノは人生でこれまでにないくらい驚いた。

「……バイト代としてもらったんです」ウェイライイは自慢げに手でジェスチャーをした。

「……バイト代って……クリスマスケーキは今、一・五兆円するんだぞ!!」

「クーポンケン　一〇〇〇〇マイ　ト　クリスマスケーキ　ドッチガ　イイデスカ　ト　イワレテ　クリスマスケーキ　ヲ　エラビマシタ」

「……でかしたぞ！　ウェイライイ!!」フィノの顔がこれ以上ない歓喜に震えた。

「……すごい、ウェイちゃん!!」ラスタもフィノと一緒に涙ぐんだ。

「ヨク　ガンバッタカラ　オマケ　ト　イワレマシタ」ウェイライイは肩をすくめた。

「さすが、ウェイちゃん!!」ラスタも泣きはらした顔がとたんに輝いた。

「さすがだ、ウェイライ!!　よくがんばったんだな！」フィノはウェイライと腕を組んで、踊りだした。ラスタも一緒に跳ね上がって踊った。

昔とは気候は変わったとはいえ、冬の夜の訪れが早いことに変わりはなかった。今日のクリスマスイブも、ウェイライが帰ってきてほどなくして、真っ暗になった。きっとずっと昔のクリスマスイブも、これから何回あるか分からないクリスマスイブも、こんなふうに闇がしっとりとあたりを満たすのだ。

今日はここ数十年ではめずらしいくらい、空気が澄んでいて寒い。こんな冬らしい冬は、ほとんど人びとの記憶になかった。

しばらくラスタとフィノとウェイライは、三人で外を眺めた。経済危機と人口減少で、夜空は数十年前より少しよく見えるようになった。しかし地球規模の大気汚染は著しく、明るい星だけがまばらに見える、ベールがかかったような夜空だ。でもラスタとフィノには、この星明りはあまりに明るく、そして美しかった。

人類の滅亡が近くなり、宇宙との距離はかすかに縮まったのかもしれない。外国の、ごくごく一部のハイパー富裕層の間では、太陽の影響がない遠い宇宙への移住も計画されていると噂されていた。でもラスタとフィノは、そんなことは知る由もない。

「フィノちゃん、やっぱりウェイライは、私とフィノちゃんが死んだら、一緒に葬ってもらおうと思うの」ラスタは夜空を見やった。

「どうしちゃったの？　それでいいの？」フィノは上目づかいにラスタのことを見やった。

「……いいの、それがいい気がしたの……ずいぶん泣いたら、決心がついたの……」ラスタは視線をテーブルに置いた。その視線の外し方が、ラスタが決意している様子にも見えた。

「ウェイライはそれでいいの？」フィノは思いのほか当惑して、ウェイライの手を握った。

「ワタシハ　ソノヒ　ヲ　マッテイマシタ」

「その日？」

「ジンルイガ　メツボウスル　ヒ　デス」

「…………」

「…………」

「……私、ウェイちゃんとフィノちゃんと一緒なら、滅亡してもいいよ」ラスタは静かに目を閉じた。

「……俺もそうかもな」フィノはラスタをぎゅっと抱きしめた。外は真っ暗になった。経済破綻で電気をわずかしか使えなくなった今は、夜は昔より暗い。白みがかっていた空気は、すっかり黒い絵の具で塗り固められたように見えた。でもそれは美しい漆黒だった。

二〇六九年のクリスマスイブに、星はまばらではあったが、何十億年前と同じように瞬いていた。ラジオからは二十世紀から続く古いクリスマスソングが流れている。色覚と性欲と攻撃性を失った人類は、もはや新しいものをつくることはほとんどない。

「ウェイちゃん、クリスマスケーキだよ、食べようね」真っ白のケーキに、深く黒い色のイチゴが乗っている。イチゴの種が一粒一粒、黒い果実に埋まっていて、種は場所によって黒くも白くも見えた。少し脂っぽい甘い香りと、イチゴの酸っぱい香りが合わさった。

「俺、ホントに、生まれて初めて本物のクリスマスケーキ見た」フィノの顔が輝いた。

「じゃあ、フィノちゃん、いっちゃって！」ラスタの顔も輝いた。

「いや、まずは家長さまから」フィノはおどけた。

「あ、そう？　わたし？　あ、ウェイかな。ウェイちゃん、食べてみよう！」ウェイライは食べる真似をした。二〇六九年のＡＩは、まだ自立的に食べることはなかった。それにこの食糧難だったら、食べるＡＩは永遠に生まれることはないだろう。

「……オイシイデス」

「おいしい？」

「……オイシイデス」ウェイライは口をぱくぱくさせた。

ラスタもその小麦とクリームでできた真っ白なケーキを食べてみた。するとかつて味わったことのないほどの快感が襲ってきた。それは昨日のセックスの快感にも勝っていたとも思われた。クリスマスケーキは、フォークで切ってみると真っ黒なイチゴと真っ白なクリームが層になっていて、美しい縞模様を描いていた。

これを口に含むと、唇からのどにかけて、肌が溶け出すような感触があった。クリームが触れた喉は熱くなって充血した。その瞬間、ラスタの目に涙が溢れた。ケーキのスポンジを食べると、子どものときにしか記憶のない本物の小麦の味がした。

「……おいしいね……」ラスタは涙をぬぐった。

「…………」フィノもクリームをひとすくい口に入れ、静かに泣いた。そしてラスタとフィノは、ウェイライの丸くてやわらかい手をじっと握った。ふたりの手の熱が伝わって、ウェイライの手も暖かくなった。ぬいぐるみの繊維の柔らかいにおいがあたりをただよった。ふたりには、ウェイライもまるで涙ぐんでいるように見えた。

するとふたりの熱を受け取ったウェイライは彼らの手をそっとどけ、すっくと椅子から立ち上がった。そしてリビングの奥に向かって、引き出しにしまってあったＩＣチップを取り出し、おもむろに握りつぶした。そこには黒と白のあまりに美しい世界があった。

ほどなく機械が壊れる乾いた音がした。

## 著者について――

**加藤有希子**（かとうゆきこ）　一九七六年、横浜市に生まれる。現在、埼玉大学大学院人文社会科学研究科准教授。専攻は美学、芸術論、色彩論。主な著書に、『新印象派のプラグマティズム――労働・衛生・医療』（三元社、二〇一二年）、『カラーセラピーと高度消費社会の信仰――ニューエイジ、スピリチュアル、自己啓発とは何か？』（サンガ、二〇一五年）などが、小説に『クラウドジャーニー』（水声社、二〇二一年）がある。

装幀——かくだなおみ

# 黒でも白でもないものは

二〇二三年二月二〇日第一版第一刷印刷　二〇二三年三月一日第一版第一刷発行

著者――加藤有希子

発行者――鈴木宏

発行所――株式会社水声社

東京都文京区小石川二―七―五　郵便番号一一二―〇〇〇二
電話〇三―三八一八―六〇四〇　FAX〇三―三八一八―二四三七
［編集部］横浜市港北区新吉田東一―七七―一七　郵便番号二二三―〇〇五八
電話〇四五―七一七―五三五六　FAX〇四五―七一七―五三五七
郵便振替〇〇一八〇―四―六五四一〇〇
URL : http://www.suiseisha.net

印刷・製本――モリモト印刷

ISBN978-4-8010-0704-8